CHAQUE PIÈCE, 20 CENTIMES.
288e ET 289e LIVRAISONS.

THÉATRE CONTEMPORAIN ILLUSTRÉ

MICHEL LÉVY FRÈRES, ÉDITEURS,
RUE VIVIENNE, 2 BIS.

LES DEUX FAUBOURIENS

DRAME EN CINQ ACTES ET HUIT TABLEAUX

PAR

MM. CRISAFULLI ET DÉVICQUE

REPRÉSENTÉ POUR LA PREMIÈRE FOIS, A PARIS, SUR LE THÉATRE IMPÉRIAL DU CIRQUE, LE 19 MAI 1857.

DISTRIBUTION DE LA PIÈCE

MAURICE	MM. LACRESSONNIÈRE.
JACQUES DESNOYERS	TAILLADE.
PINÇON	DUPUIS.
FRICOT	LEBEL.
GRINGALET	BENJAMIN.
LE COLONEL FRANÇAIS	E. GALLAND.
LE SERGENT BRINDOR	BOILEAU.
JEANNIN, soldat	COCHET.
UN CHASSEUR	NERAULT.
UN OFFICIER FRANÇAIS	TOURNOT.
UN OFFICIER RUSSE	ALEXANDRE.
UN GARÇON DE RESTAURANT	LANGLOIS.
LE PÈRE ROBINSON	ACHILLE.
UN CHICARD	MM. COCHET.
UN AIDE DE CAMP	DOUTREVILLE.
UN OUVRIER	FOUDRAS.
UN TURC	DARCOURT.
Mme DESNOYERS	Mmes WSANNAZ.
JEANNE	PERSON.
LOUISE DESNOYERS	M. DUPLESSY.
UNE AUBERGISTE	A. CASSARD.
UNE GRISETTE	D. FERRARE.
DEUXIÈME GRISETTE	MARIA.
TROISIÈME GRISETTE	LUCIE.

Officiers français, Officiers russes, Soldats français, Soldats russes, Ouvriers, Masques.

ACTE I

Premier Tableau.

LA FAMILLE

Le théâtre représente une chambre d'ouvriers aisés. Au lever du rideau, les deux femmes, assises au premier plan à gauche, travaillent à de gros ouvrages de couture. Une chandelle, placée derrière un globe de verre rempli d'eau, les éclaire. Au fond, vers la droite, porte extérieure; à gauche, porte donnant sur une grande chambre.

SCÈNE PREMIÈRE

MADAME DESNOYERS, LOUISE.

LOUISE.

Oui, marraine. Ah! votre fil qui est tombé.

(Elle ramasse le fil et le rend à madame Desnoyers.)

MADAME DESNOYERS.

Merci, fillette. (Une horloge publique sonne au dehors.) Huit heures! Comment se fait-il que Jacques et Maurice ne soient pas encore revenus de l'atelier?

LOUISE.

Quelque travail extraordinaire... sans doute.

MADAME DESNOYERS.

Pour Maurice, oui, c'est un travailleur, lui, ton brave cousin et fiancé Maurice! mais Jacques, mon fils, ce n'est pas pour travailler qu'il reste loin de sa mère. Cependant j'ai toujours été laborieuse, moi; comment puis-je avoir un fils paresseux? Enfin, si mon pauvre Desnoyers vivait encore, Jacques ne serait pas ce qu'il est.

LOUISE.

Marraine, vous êtes bien sévère pour Jacques.

MADAME DESNOYERS.

Sévère, moi, non. Affligée, voilà tout; car je l'aime, ce méchant enfant, et vois-tu, c'est honteux à avouer, je l'aime autant, plus peut-être que s'il était un ouvrier sage et rangé comme Maurice.

LOUISE.

Si, marraine, vous êtes sévère, trop sévère pour ce pauvre Jacques; parce qu'il est gai, étourdi, parce qu'il aime un peu trop le plaisir. Dame, marraine, à chacun sa nature; tous les hommes ne peuvent pas être des demoiselles comme Maurice.

MADAME DESNOYER.

Écoute, mon enfant, les demoiselles comme Maurice rendent leur femme heureuse et aisée; les hommes comme mon Jacques lui font la vie dure et misérable. C'est pour ça que, bien que Jacques t'ait fait les doux yeux (je l'ai bien vu, va, sans avoir l'air de rien), j'ai accordé ta main à Maurice. D'ailleurs, Maurice est un beau et brave garçon, toujours bien tenu; il t'aime, il est dans une bonne passe, M. Pinçon lui a promis qu'il serait contre-maître à la fin de l'année.

LOUISE, à part.

Oui, c'est un honnête ouvrier que Maurice.

MADAME DESNOYERS.

Tu seras heureuse, va, et dans huit jours tu me remercieras.

LOUISE.

Dans huit jours!... sitôt!

SCÈNE II

LES MÊMES, GRINGALET.

GRINGALET, ouvrant la porte, et regardant les deux femmes.

Pardon, excuse! y a-t-il du monde?

MADAME DESNOYERS.

Louise, qui est là?

LOUISE.

Monsieur Gringalet, le camarade d'atelier de Jacques et de Maurice... Entrez donc, monsieur Gringalet.

MADAME DESNOYERS.

Que demandez-vous, mon ami?

GRINGALET.

Pardon, excuse! c'est seulement que le patron m'envoie comme ça pour savoir si c'est que votre fils est malade... ou... indisposé!

MADAME DESNOYERS, se levant.

Malade... non pas que je sache.

LOUISE.

Encore!

GRINGALET.

Ah! alors c'est qu'il a tiré sa bordée, v'là tout. C'est égal, tâchez qu'il revienne demain, parce que le père Pinçon est comme un mouton enragé depuis ce matin. Et ma scie, qu'il dit, ma scie, qu'est-ce qui la fera marcher? il faut donc que je dépense ma vapeur, pendant que ce feignant-là fait la noce! Enfin, il parle de sa scie; que c'en est une vraie de scie! Qu'il vienne demain, votre fils, ça vaudra mieux.

MADAME DESNOYERS.

Merci, mon ami, il ira; dites qu'il ira.

GRINGALET.

Fâché du dérangement... Adieu, madame; bonjour, mademoiselle.

(Gringalet sort. Madame Désnoyers pleure.)

SCÈNE III

LES MÊMES, puis MAURICE.

MADAME DESNOYERS.

Tu vois, Louise! Oh! je suis une malheureuse mère!

LOUISE.

Consolez-vous, marraine; ce n'est rien, il travaillera demain. (A part.) Où peut-il être, mon Dieu!

MAURICE, entrant.

Bonjour, Louise... Vous pleurez, ma tante; que se passe-t-il? La veille d'une noce! (Bas à Louise.) Est-ce à cause de Jacques?

LOUISE, vivement.

Non, non, allez, marraine... il faut prendre l'air un peu; ça vous remettra. (Bas.) Allez voir monsieur Pinçon, et parlez-lui.

MADAME DESNOYERS.

Tu as raison, fillette... c'est un malaise, Maurice, oh! rien qu'un malaise!... Soyez sages, mes enfants; je vous laisse seuls, mais je ne fais qu'aller et venir.

SCÈNE IV

MAURICE, LOUISE.

MAURICE.

Louise, quand nous serons mariés, est-ce que vous aurez encore des secrets pour moi?

LOUISE, troublée.

Des secrets, moi! Mais non, je vous assure.

MAURICE.

Jacques n'a pas paru à l'atelier aujourd'hui, et monsieur Pinçon veut le renvoyer; il me l'a signifié.

LOUISE.

Et qu'avez-vous répondu?

MAURICE.

Mon Dieu! j'ai tâché de le fléchir; je lui ai dit que Jacques était un brave garçon au fond, un travailleur adroit et infatigable quand il s'y mettait, et il m'a promis de pardonner encore cette fois.

LOUISE.

Merci, vous êtes bon, Maurice.

MAURICE.

C'est tout simple : Jacques est presque votre frère, et vous l'aimez comme une sœur; alors, moi, je l'aime aussi. D'ailleurs, dans huit jours, Louise, je serai presque son frère aussi, moi, et je comprends bien ce que ça doit être que l'union d'une famille, allez!

LOUISE, à part.

Il me déchire le cœur... je ne puis le tromper plus longtemps. (Haut.) Maurice, avez-vous du courage?...

MAURICE.

En face d'un danger, oui; en face de vous, non.

LOUISE.

Cependant il faut que vous en ayez pour écouter avec calme ce que je m'en vais vous dire... Maurice, vous m'aimez de toutes les forces de votre cœur, qui est noble et droit?

MAURICE.

Louise, je vous aime saintement, comme on doit aimer la femme qu'on épouse.

LOUISE.

Vous n'avez jamais douté un instant de ma pureté?

MAURICE.

Oh! Louise!...

LOUISE.

C'est l'âme pleine d'une confiance sans bornes que vous allez devant l'autel lier votre vie à la mienne... enfin vous croyez en moi?

MAURICE.

Comme en Dieu!

LOUISE.

Eh bien! je ne mentirai pas à cette confiance, Maurice, je ne puis être votre femme.

MAURICE, stupéfait.

Louise, vous dites...

LOUISE.

Je dis que répondre à tant de loyauté par le mensonge serait la dernière des lâchetés; je dis que je ne suis pas digne de porter votre nom, et que si je ne puis accepter votre amour, si je dois perdre jusqu'à cette foi que vous aviez en moi, il ne faut pas que vous puissiez me reprocher de vous avoir indignement trompé.

MAURICE.

Mais tout cela n'existe pas, c'est un jeu, c'est une épreuve; vous, impure, vous indigne! Ah! rien que d'y penser, tout mon sang bout dans mes veines. Ne jouez pas avec mon amour, Louise; savez-vous que si un homme prononçait un de ces mots-là sur vous...

LOUISE.

Que feriez-vous?

MAURICE.

Je le tuerais; oui, je vous le jure, je le tuerais comme un chien.

LOUISE.

Maurice, vous rétracterez cet horrible serment; il y a un homme qui peut vous dire ces mots.

MAURICE.

Ah!

LOUISE.

Et cet homme vous n'auriez pas le droit de le tuer, car il dirait la vérité.

MAURICE, *furieux*.

Ah! malheureuse! cet homme, qui est-il? son nom? parlez, parlerez-vous?

LOUISE.

Jacques Desnoyers.

MAURICE, *avec fureur*.

Jacques! Jacques! Oh! mon Dieu.

(Il tombe assis et pleure.)

LOUISE.

Dès mon enfance, ma marraine m'avait appris à l'aimer. Nous avons été élevés ensemble, depuis le jour où mon père mourant me légua à votre bonne tante. Tout petits, on nous appelait mari et femme; devenus grands, moi, qui ne quittais jamais ma marraine, je restai enfant, tandis que Jacques, qui travaillait dans un atelier, y devenait homme avant l'âge; son affection pour moi changea de nature; à son retour chaque soir, gardant mes habitudes d'enfance, j'allais l'embrasser; mon baiser était celui d'une sœur, mais lui... Oh! mon Dieu, Maurice, ayez pitié de moi; faut-il que je vous fasse cet aveu sans mourir de honte!

MAURICE.

Mais, alors, puisqu'il vous aime et que vous l'aimez, comment me laisse-t-il depuis si longtemps conserver l'espoir de vous épouser?

LOUISE.

Je ne sais, Maurice, et c'est là ce qui fait que j'ai eu le courage de vous parler; tantôt Jacques semble épris de moi jusqu'à la folie, et jure que je serai sa femme : alors il reste des semaines entières exact à son atelier, passe son dimanche entre sa mère et moi, et il me promet de tout vous dire; puis tout à coup, sans motifs, comme si la tête lui avait tourné, il quitte le travail, délaisse sa mère, ne me répond plus quand je lui parle, et alors il lui arrive de rentrer ici après des jours et des nuits de sanglots pour nous et de débauches pour lui. Oh! j'ai bien souffert depuis un an, Maurice.

MAURICE.

Ainsi, cet homme tient dans ses mains un bonheur que j'aurais payé de tout mon sang; cet homme est aimé de ma Louise, et... tenez, Louise, vous avez noblement agi de vous confier à moi, merci; votre aveu m'a bien fait souffrir; mais il prouve que vous êtes malgré tout une honnête fille, et vous ne vous en repentirez pas. Je veux...

LOUISE.

Maurice, vous me faites peur.

MAURICE.

Vous deviez vous marier dans huit jours, vous vous mariez dans huit jours : seulement, au lieu de s'appeler Maurice Constant, votre mari s'appellera Jacques Desnoyers.

LA VOIX DE JACQUES, *au dehors*.

Nous étions quatr' z ouvriers
Qui voulions nous amuser.
Ohé!

LOUISE.

Lui, c'est lui! Maurice, soyez calme, soyez bon...

MAURICE.

Allez, Louise, je vous ai donné ma parole, vous serez sa femme dans huit jours.

SCÈNE V

JACQUES, MAURICE.

JACQUES.

J'allons à la Courtille,
Ous que l'vin blanc petille!
Nous faut du vin, nous faut du vin!
Du vin nous faut!

Ohé! la maison! ohé! la mère! ohé! Louise! Il n'y a donc personne dans cette satanée barraque! Tiens! Maurice... comment que tu vas, toi, bûcheur?

MAURICE.

Pas mal, et toi, flâneur?

JACQUES.

Flâneur, moi! allons donc! j'étais parti ce matin pour aller à l'atelier! Je me sentais en train d'abattre de l'ouvrage à faire frémir le père Pinçon, qui me paye aux pièces.

MAURICE.

Enfin tu n'es pas venu?

JACQUES.

Eh bien, quoi! j'ai rencontré un ami; nous avions tant de choses à nous dire, que nous avons causé jusqu'à ce soir, v'là tout. Ah çà! mais, toi qui me traites de flâneur, tu n'es qu'un feignant, qu'un propre à rien à côté de moi.

MAURICE.

Par exemple, je voudrais que tu m'expliques ça.

JACQUES.

Ce n'est pas difficile va! Combien as-tu d'états, toi?

MAURICE.

Parbleu! je n'en ai qu'un.

JACQUES.

Eh bien! j'en ai six, moi, tu vas voir. D'abord, je travaille à la scierie du père Pinçon comme toi; mais ça c'est rien, c'est dans mes moments perdus; c'est égal, ça m'en fait déjà une de profession, compte bien, une : après ça je suis artiste dramatique, deux...

MAURICE.

Toi?

JACQUES.

Oui, je joue dans la salle... avec les mains... et c'est moi qui suis chargé de crier : comme c'est riche!... comme c'est beau!... Au troisième acte des pièces de monsieur, de monsieur n'importe qui... quand ça m'embête de m'enfermer dans la salle, je reste à la porte, et de trois; chaque voiture qui arrive j'ouvre la portière, je donne la main aux dames et je la tends au monsieur. S'il donne dix sous : prenez donc garde de vous crotter, monsieur le comte; s'il donne deux sous : merci, bourgeois; s'il ne donne rien : va donc, eh! panné!

MAURICE.

Ainsi, voilà ce que tu fais, au lieu de travailler honnêtement à ton établi; et puis les quelques sous que tu ramasses à ces métiers de hasard, tu vas les boire au cabaret pendant que ta mère et Louise usent leurs pauvres yeux à coudre des nuits entières.

JACQUES.

Ma mère, Louise, pauvres chères femmes! c'est vrai, tout de même! Mais qu'est-ce que tu veux! c'est plus fort que moi. Il me faut de l'air, du mouvement, de la foule, un boulevard, mon bitume, mon Paris. A vivre enfermé comme toi dans un atelier, je serais comme en prison, et j'étoufferais. C'est dans le sang, ça, vois-tu?

MAURICE.

Tu n'as donc jamais songé à te marier?

JACQUES.

Moi, songer à me marier! ah! compte là-dessus, je t'en fiche, se marier, en voilà une noce! Pourquoi pas me jeter à l'eau tout de suite, avec une femme... non, avec une pierre au cou!

MAURICE.

Il y a cependant telle circonstance dans la vie où un homme doit se marier, sous peine d'être considéré comme un malhonnête homme.

JACQUES.

Hein! qu'est-ce que c'est?...

MAURICE.

Par exemple, lorsqu'un homme a profité de l'ignorance d'une jeune fille innocente pour se faire aimer d'elle et lui voler son honneur...

JACQUES.

Je ne comprends pas...

MAURICE.

Alors je m'explique... Jacques, tu as séduit ta sœur d'adoption, Louise Desnoyers, et il faut que tu l'épouses...

JACQUES, stupéfait.

Tu sais...

MAURICE.

Je sais tout.

JACQUES.

Qui te l'a dit? Louise! ah!...

MAURICE.

Louise n'a rien dit, j'ai deviné.

JACQUES.

Après ça tu peux bien savoir tout, si tu veux; qu'est-ce que ça me fait?

MAURICE, avec violence.

Jacques! (Se contenant.) Écoute-moi, Jacques!...

JACQUES, venant le regarder sous le nez.

Oh! en voilà assez là-dessus : je n'aime pas qu'on se mêle de mes affaires.

MAURICE, immobile.

Oh! tu ne me fais pas peur, va...

JACQUES, allant s'asseoir près de la table.

Après ça, cause si ça t'amuse, chante si ça te fait plaisir; moi je vais fumer une pipe.

MAURICE.

Jacques, tu es plus jeune que moi, tu ne sais pas tout ce que j'ai vu; tu ne sais pas où mène la route que tu suis depuis quelque temps... Tu n'es qu'un enfant, vois-tu, et moi je suis un homme, laisse-moi donc te parler comme un frère aîné à son cadet. Maintenant tout te paraît couleur de rose... Le travail t'ennuyait... plus de travail... tu t'es fait bohémien. Quand tu n'as pas le sou, tu te serres le ventre, et tu ris parce que tu as vingt ans; quand tu as de l'argent, tu t'amuses, tu bois, et le vin te rend joyeux sans t'abrutir parce que tu as vingt ans!... Mais plus tard, tu auras faim pour de bon, tu voudras travailler et tu ne pourras plus, tu voudras boire, et le vin, au lieu de t'étourdir, te rendra féroce et stupide... Te souviens-tu de Michel et d'Ambroise qui ont quitté l'atelier quand tu étais apprenti, il y a cinq ans?

JACQUES.

Oui, eh bien! après?...

MAURICE.

Ils ont commencé par faire ce que tu fais aujourd'hui... et maintenant sais-tu où est Michel?

JACQUES.

Où ça?

MAURICE.

A Poissy... Il a volé un jour qu'il n'avait pas le sou et qu'il ne savait plus comment s'y prendre pour travailler. Quant à Ambroise...

JACQUES.

Oui, où est-il celui-là... à Mazas, à Cayenne, à Toulon ou guillotiné?... Tu me fais rire, tiens!...

MAURICE.

Ambroise est mort il y a huit jours à l'Hôtel-Dieu, d'une maladie horrible engendrée par ses débauches et accrue par la misère.

JACQUES, jetant sa pipe.

Après tout... est-ce que ça me regarde tout ça, moi?... qu'est-ce que cela me fait?

MAURICE.

Ça te fait, que si tu continues, il t'arrivera ce qui leur est arrivé, parce que, vois-tu, l'ouvrier noceur et paresseux n'arrive jamais qu'à deux endroits : la prison ou l'hôpital... Ça fait que ta pauvre sainte femme de mère mourra de chagrin et de misère; car elle t'aime, ta mère, comme la prunelle de ses yeux et elle n'a que toi, personne que toi au monde pour lui donner du pain quand elle sera par trop vieille, tandis que si tu voulais vivre comme a vécu ton brave père...

(Ici Louise paraît sur la porte, Maurice lui fait signe, elle approche sans bruit.)

SCÈNE VI

LES MÊMES, LOUISE.

MAURICE.

Si tu voulais, avec ton intelligence et ton adresse, tu serais le meilleur ouvrier de l'atelier, tu deviendrais contre-maître, qui sait? patron peut-être et riche.

JACQUES.

Au fait c'est juste, ça, on peut devenir riche!... Le père Pinçon l'est bien devenu.

MAURICE.

Et puis, en épousant cette pauvre fille à qui tu dois réparation, tu aurais un joli petit intérieur; on t'aimerait, tu aimerais; pense donc comme ça doit être bon, après une journée de travail, de revenir le cœur léger, content du présent, sûr du lendemain, et d'entrer dans une maison propre et gaie où l'on retrouve une vieille mère qu'on embrasse au front, une jeune femme qui vous saute au cou et une tapée de petits marmots qui vous sautent aux jambes.

JACQUES.

C'est vrai! c'est vrai! (A part.) Oui, mais Jeanne, c'te pauvre fille! elle m'aime aussi. Ah! bah! elle se consolera. Elle en prendra deux autres. Je ne suis pas son premier à celle-là. Je ne serai pas son dernier! — C'est égal, c'est dur!

MAURICE.

A vous de faire le reste, Louise; j'ai semé le bon grain, tâchez de le faire fleurir.

LOUISE.

Merci, oh! merci! (A Jacques qui est rêveur.) Jacques, si tu voulais de moi pour femme, je t'aimerais tant, je serais douce et si fidèle que tu ne t'en repentirais pas, je te le jure.

JACQUES.

Louise, ah ça! c'est un rêve tout cela; Maurice qui devait t'épouser et à qui je ne disais rien! Et c'est lui qui... Oh! Maurice, pardonne-moi! je n'oublierai jamais ce que tu viens de faire. Oui, je travaillerai!... oui, je t'épouserai! oui, nous aurons des enfants, de jolis petits enfants! Oh! les petits coquins, je les vois déjà nous entourant, gambadant, criant papa et maman, et demandant à manger et à boire. A boire! Je ne boirai plus, je ne courrai plus et je vous aimerai tous, toi, Louise, ma femme, toi d'amour, et lui!... oh! lui, comme un frère!

(Il se jette dans les bras de Maurice et l'embrasse.)

MAURICE.

Sa joie me fait mal! mais j'ai bien agi et je ne m'en repens pas.

SCÈNE VII

LES MÊMES, MADAME DESNOYERS, M. PINÇON.

MADAME DESNOYERS.

Voulez-vous entrer un instant, monsieur Pinçon?

M. PINÇON sur la porte.

Entrer chez vous! est-ce que vous croyez que je suis rentier, ma bonne dame? C'est bien assez d'avoir perdu un grand quart d'heure à vous reconduire.

MADAME DESNOYERS.

Mais, monsieur Pinçon, c'est vous qui avez voulu à toute force...

M. PINÇON.

Certainement, certainement. Est-ce qu'on laisse une femme de votre âge toute seule dans les rues à ces heures-ci!... Ça n'empêche pas que vous m'avez fait perdre mon temps, c'est pas votre faute, je le sais bien, mais enfin je ne l'en ai pas moins perdu pour cela, et il n'y a pas de quoi vous en remercier. (Voyant Jacques et entrant.) Mais qu'est-ce que je vois là? Ah! te voilà!... scélérat, brigand, canaille, que ma scie a tourné à vide toute la journée à cause de toi, feignant.

JACQUES s'avance, tourne sa casquette dans ses mains et tire le pied pour saluer.

Faites excuse, monsieur Pinçon.

PINÇON.

Je ne veux pas faire excuse, moi, je ne veux pas, entends-tu, gredin? tu veux donc que je meure à l'hôpital, voleur de travail, que tu me fais perdre des mille et des cents tous les jours pour te boissonner comme le dernier des derniers!

MADAME DESNOYERS.

Monsieur Pinçon, pardonnez-lui, je vous en prie.

LAURE.

Monsieur Pinçon, il ne recommencera plus.

PINÇON.

Il ne recommencera plus... Alors, qu'il me donne une raison... Voyons, en as-tu une de raison? donne-la-moi, chenapan.

JACQUES.

Dame! c'est que ce matin, voyez-vous, j'ai rencontré un ami qui m'a dit qu'il se mariait... et il m'a prié...

PINÇON.

De faire la noce avec lui... Ah! tu as rencontré un ami qui se mariait... Tu le rencontres tous les matins cet ami-là, méchant galopin; il se marie tous les matins, c' t' ami-là!... et tu lui sers de garçon d'honneur tous les matins... A-t-il assez de toupet, le brigand! tais-toi, je ne veux plus t'écouter.

JACQUES.

A la bonne heure, comme ça vous aurez toujours raison.

PINÇON.

Pardi, si j'ai raison... Tu es bien heureux d'être le fils de ta mère, et le cousin de Maurice, sans cela... il y a longtemps que je t'aurais balancé...

MAURICE.

Monsieur Pinçon, je réponds de Jacques à l'avenir.

PINÇON.

Tu en réponds, toi; alors, c'est bien; qu'il vienne demain, mais de bonne heure...

MAURICE.

C'est que, voyez-vous, patron, demain matin, Jacques aura des courses à faire pour son mariage.

MADAME DESNOYERS.

Son mariage!

PINÇON.

Il se marie aussi, le gueux!... Ah ben... en v'la une qui sera heureuse!

JACQUES, *fâché.*

Ah! monsieur Pinçon...

PINÇON.

Tais-toi!... je dis qu'elle gagne un fameux quine, la pauvre femme, et si je la connaissais, je n'attendrais pas à demain pour lui crier casse-cou!

JACQUES, *s'emportant.*

C'est trop fort... à la fin!

MADAME DESNOYERS, *inquiète.*

Jacques, mon fils... Maurice, de quel mariage parlez-vous donc?

MAURICE.

Mais, ma bonne tante, pourquoi le cacher plus longtemps à monsieur Pinçon? Mon cher patron, permettez-nous de vous inviter pour dans quinze jours au mariage de Jacques avec mademoiselle Louise Desnoyers, sa cousine.

MADAME DESNOYERS.

Louise?

PINÇON, *s'approchant de Louise.*

C'est vous, qui êtes mademoiselle Louise, et vous épousez ce... rien du tout?

LOUISE.

Oui, monsieur. Vous me pardonnez... ma mère?

MADAME DESNOYERS.

Il le faut bien, vilaine enfant!

PINÇON.

C'est qu'elle a l'air d'une brave fille!... (*Allant à Jacques.*) Écoute, brigand, tu passeras à la caisse, et tu demanderas deux cents francs, c'est moi qui paye le dîner de noces. Tu entends, canaille?

JACQUES.

Merci, patron.

PINÇON.

C'est bon! c'est bon! il n'y a pas besoin de tant crier. Je ne veux pas que tout le monde le sache. Merci!... mes ouvriers n'auraient qu'à se marier tous, les uns après les autres. Ce serait du gentil!...

MAURICE, *à part.*

Ils seront heureux!... allons!... j'oublierai.

Deuxième Tableau.

ROBINSON

Le restaurant de Robinson. Sur le premier plan, à gauche, un châtaignier à deux étages; à chacun de ces étages est adapté un panier servant à monter les plats et les bouteilles; un escalier tournant est jeté sur les branches de l'arbre. A droite, une petite cabane rustique recouverte de chaume, avec porte donnant sur le spectateur. Au milieu, une table en fer à cheval. La toile du fond représente un grand chalet entouré d'arbres et de buttes de terrains, et ayant pour enseigne un *Robinson*, sous lequel est écrite l'exergue suivante :

« Robinson, nom cher à l'enfance,
» Que, vieux, l'on se rappelle encor,
» Dont le souvenir, doux trésor,
» Nous reporte aux jours d'innocence. »

SCÈNE PREMIÈRE

PINÇON, JACQUES, MAURICE, GRINGALET, FRICOT, GARÇONS, LE RESTAURATEUR, MADAME DESNOYERS, LOUISE, OUVRIERS, JEUNES FILLES.

(Au lever du rideau, Pinçon, Jacques, Maurice, Mme Desnoyers et Louise, et d'autres invités sont assis autour de la table en fer à cheval. Gringalet et Fricot dînent dans le châtaignier, au premier étage. Les Garçons vont, viennent, s'empressent, ainsi que le Restaurateur, qui ne sait à quels cris répondre. Le tumulte va croissant.)

CRIS, *à droite de la table d'en bas.*

Garçon! du vin...

CRIS, *à gauche.*

Garçon! une assiette... du pain... Par ici, garçon...

UN GARÇON.

Voilà! voilà!

GRINGALET, *au premier étage, chantant.*

« Toujours, toujours, la nuit comme le jour. »

Ohé! on nous oublie par ici, père Robinson; de la nourriture ou je m'évanouis.

LE RESTAURATEUR.

Joseph! du veau à ces messieurs du premier.

LE GARÇON, *mettant du veau dans le panier du premier étage.*

Montez... houp! recevez.

GRINGALET *reçoit le veau, le panier redescend.*

Reçu... houp! descendez.

PINÇON.

Sapristi! consomment-ils ces ours-là! Comment! v'là trois heures que nous sommes à table, et ils n'en ont pas assez!

FRICOT, *du premier étage avec une voix de basse formidable.*

Garçon! un fricandeau à l'oseille, sans vous commander.

PINÇON.

C'est ça! quelque chose de léger! du fricandeau!... Ce Fricot a un estomac en fer-blanc! Ouh! les goulafres! Qu'en pensez-vous, la mère?

MADAME DESNOYERS.

Que voulez-vous, monsieur Pinçon! on ne se marie qu'une fois! Ces braves gens ont raison!

PINÇON.

On n'a jamais raison de se donner une indigestion, ma bonne dame; voyez vos enfants, ils en prennent raisonnablement, eux, à la bonne heure. Allons, père Robinson, une tournée de mâcon, il ne faut pas les faire manger sans boire, comme des ânes.

GRINGALET.

Ohé! du blanc ou du rouge et de la salade.

LE GARÇON.

Voilà le blanc demandé. Recevez, houp!...

GRINGALET.

Reçu... descendez, houp!

(*Chantant.*)

Cette côte, à l'abri du vent,
Qui se chauffe au soleil levant,
Comme un vert lézard! c'est ma vigne.

PINÇON.

Tu ne fermeras donc pas ta boîte à chansons, toi, là-haut?

MAURICE.

Eh! laissez-le chanter, ce garçon; il n'y a que les gens contents d'eux-mêmes qui chantent ainsi.

PINÇON.

C'est pour ça que tu ne roucoules pas trop, mon pauvre vieux. Va, sois tranquille, on te trouvera une femme aussi, à toi, quand il faudrait la faire faire exprès. Garçon! du dessert, une poire et du gruyère.

FRICOT.

Père Robinson, sans vous commander...

LE RESTAURATEUR.

Que voulez-vous pour dessert?

FRICOT.

Un fricandeau pour deux à l'oseille.

PINÇON.

C'est trop fort. Ne le lui donnez pas, je ne veux pas qu'on le lui donne, c'est son huitième fricandeau... il éclatera au neuvième, c'est sûr.

GRINGALET, il fredonne le refrain de la chanson :

Que manquait-il à ce climat si beau?

PINÇON.

Veux-tu te taire, braillard!

LES INVITÉS.

Robinson! Robinson!

PINÇON.

Robinson?

JACQUES.

Patron, c'est une chanson de la composition de Gringalet; si ma Louise le permet, nous le prierons de nous la dire.

MAURICE, à part.

Sa Louise!

PINÇON.

Monsieur est poëte?

GRINGALET.

Non... je suis Français.

LOUISE.

Chantez, monsieur Gringalet.

FRICOT.

Garçon! un fricand...

TOUS.

Silence!... A la porte Fricot!

GRINGALET.

CHANSON DE ROBINSON.

Air de M. Bovery.

PREMIER COUPLET.

De Robinson qui ne sait l'aventure,
Quand, naufragé sur un affreux îlot,
Il ne trouva, pour toute nourriture,
Que des bambous et des noix de coco? (*Bis.*)

(*Parlé.*)
Vendredi!

FRICOT, parlé.

Mossié Robinson?

GRINGALET.

A nous!

(*Chanté.*)

Que manquait-il à ce climat si beau?

FRICOT.

Il y manquait, parbleu! du fricandeau!
Un peu de fricandeau!
Beaucoup de fricandeau!

GRINGALET.

DEUXIÈME COUPLET.

Encor s'il vous avait eue en son île,
Blonde Claudine ou toi, brune Zoé,
Vous auriez pu festonner une idylle,
Et vous jurer tendre fidélité. (*Bis.*)

(*Parlé.*)
Vendredi...

FRICOT.

Mossié Robinson?

GRINGALET, parlé.

A nous!

(*Chanté.*)

A ce serment te serais-tu fié?

FRICOT.

Étant tout seul, moi, j'aurais cru Zoé!
Moi, j'aurais cru Zoé!
Oui, j'aurais cru Zoé!

PINÇON.

Ah çà, mais c'est une scie!... Est-ce qu'il va continuer longtemps?

GRINGALET.

Vendredi?

FRICOT.

Mossié Robinson!...

GRINGALET.

Petit maître à vous sautera quatre-vingt-dix-sept couplets en faveur du patron.

FRICOT.

Bon!... Mossié Robinson!...

GRINGALET.

Centième couplet... rimes riches!

Jeunes époux, à vous ces derniers mots :
Soyez constants, sages, et, dans neuf mois,
Que la maman soit changée en grand'mère,
L'épouse en mère et le fils en papa. (*Bis.*)

(*Parlé.*)
Vendredi...

FRICOT, parlé.

Mossié Robinson!

GRINGALET.

A nous!

(*Chanté.*)

Leur permets-tu d'aller à la douzaine?

FRICOT, aux mariés.

Je vous permets d'aller au quarteron!
Faites le compte rond!
Allez au quarteron!

(*A la fin de chaque couplet, les Invités accompagnent le refrain sur leurs verres et sur leurs assiettes.*)

FRICOT.

Garçon!... sans vous commander, un frican...

GRINGALET, continuant.

Do, ré, mi, fa, sol, la, si, do. Entendez-vous le galoubet dans les quinconces? Allons-y gaîment, les autres.

(Il entre dans le panier et descend.)

LE RESTAURATEUR.

Nom de nom!... descendez par l'escalier... vous allez tout démolir.

GRINGALET.

C'est bon... Faut-il remonter pour redescendre par l'escalier?... La main aux dames!

PINÇON.

Un instant, brouille-tout!... Quand c'est plein, ça ne pense plus à rien... S'il vous plaît, un moment de silence. Je propose une santé... la santé des mariés.

GRINGALET.

Fameuse idée, patron... Garçon, une tournée de champ...! c'est le patron qui paye.

PINÇON.

Tu l'as dit, malin... c'est moi qui l'offrirai. Allons, garçon, et vivement.

LE GARÇON, criant.

Bon! sommelier, du champagne, deux paniers de moët!...

PINÇON.

Qu'est-ce que c'est? qui a demandé deux paniers!... Montez'en un d'abord, et on verra ensuite... N'est-ce pas, ma bonne dame, c'est inutile de gaspiller? Regardez-moi le massacre qu'ils ont fait, tous ces brigands-là... Ils n'ont pas seulement mangé la moitié de ce qu'il y avait sur leurs assiettes; v'là tout un bifteck de perdu... Fricot est-il là-haut, encore?

GRINGALET.

Parbleu! il y restera jusqu'au soir.

PINÇON, lui montrant le bifteck.

Eh ben! petit, passe-lui ça

FRICOT.

Est-ce du fricandeau?

GRINGALET.

C'est un bifteck.

FRICOT.

Je n'en veux pas.

(Le garçon apporte le champagne. — Tous les invités sont réunis et rangés.)

PINÇON.

Attention, enfants.... A la santé des mariés!... (Les invités exécutent le commandement.)

TOUS, buvant.

Aux mariés!

JACQUES.

Merci, mes amis... Une seconde tournée... A la santé de monsieur Pinçon!...

TOUS.

Oui, oui!

PINÇON.

Qui ça? Pinçon! moi? à ma santé? Non, c'est bête... Mes enfants, je ne veux pas, je me porte bien sans ça.

TOUS, criant.

A monsieur Pinçon!

PINÇON.

Mes amis, mes enfants, je suis touché, vrai, très-touché... de vos acclamations, mais en v'là suffisamment...

FRICOT, en haut.

Vive monsieur Pinçon! vive notre patron!

PINÇON.

Que demande-t-il, celui-là? Ah! j'y suis... Il n'a pas eu de vin... Garçon! animal!... Vous me laissez cet homme à jeun... montez-lui un refric... non, une bouteille, et qu'il se taise... entends-tu? et maintenant, noce complète, allons danser... A moi la main de la mariée!

MADAME DESNOYERS.

Votre bras, Maurice.

MAURICE.

Je ne danserai pas, ma tante.

(Jacques donne le bras à sa mère, Pinçon à Louise. — Les invités les suivent par le fond et vont du côté où l'on entend les violons.)

SCÈNE II

FRICOT, au premier, MAURICE.

MAURICE.

Allons, tout est bien fini... Ce n'est pas un rêve... Depuis quinze jours, je marche sans savoir où je vais, comme un aveugle, comme un insensé. Aujourd'hui, il n'y a plus moyen de douter. Louise est la femme de Jacques; Louise ne sera jamais à moi!... Ils rient! ils dansent sans songer que je souffre toutes les tortures de l'enfer!... Oh! la jalousie, c'est atroce! Aimer une femme et la jeter aux bras d'un autre! c'est pis que la mort!... Je fuirai, oh! oui, je fuirai, car si je restais, je ne pourrais peut-être plus répondre de moi!... Fou! hypocrite, qui blâmes les autres et qui ne sais pas résister à une tentation... Lâche! Suis-je donc un lâche, que je ne puis regarder le danger en face?... Non, restons... restons, et demain, Jacques viendra à l'atelier, tout chaud encore des baisers de Louise, et demain, qui sait si... Oh! je fuirai, oui, je partirai.

FRICOT.

Garçon, sans vous commander, donnez-moi une julienne.

LE GARÇON.

En v'là z'une pratique!... Voilà la julienne demandée. Recevez; houp!

FRICOT.

Reçu! Houp! descendez.

SCÈNE III

LES MÊMES, JEANNE.

JEANNE.

C'est bien ici... Le moment est venu!... Mon Dieu! aurai-je la force d'aller jusqu'au bout?

MAURICE.

Quelle est cette femme?

LE GARÇON.

Mademoiselle demande?...

JEANNE.

Dites-moi, mon ami, pourrais-je parler à M. Jacques Desnoyers?

MAURICE, à part.

Qu'entends-je là?

LE GARÇON.

Oh! mademoiselle, c'est impossible; un jour de noces, vous comprenez...

JEANNE.

Prenez ces cinq francs... et donnez-moi de quoi écrire.

LE GARÇON, d'un air fin.

Madame ne tient pas à être vue, que je suppose? Dans ce bosquet, madame sera à merveille.

JEANNE.

Merci.

(Elle entre dans le bosquet.)

SCÈNE IV

MAURICE, FRICOT.

FRICOT, qui a aperçu Jeanne au moment où il appelait le garçon.

Gar... Tiens!... Jeanne ici!...

MAURICE.

Hein!... tu dis?...

FRICOT.

Je dis: Jeanne, l'ancienne à Jacques.

MAURICE.

Plus bas, malheureux, plus bas.

FRICOT.

Tiens, c'est vrai. Eh ben! monte, et je te dirai ça.

MAURICE.

Je viens...

(Il monte et rejoint Fricot.)

LE GARÇON, sortant de la cabine où est Jeanne.

Cinq et cinq font dix... Bon!... maintenant faut remettre cette lettre au marié... Comment y arriver? Ah! ma foi, j'ai de la chance, le voilà.

SCÈNE V

LES MÊMES, JACQUES.

JACQUES.

Garçon, faites préparer les voitures, nous allons repartir.

LE GARÇON.

A l'instant, monsieur.

(Il lui tend la lettre.)

JACQUES.

Qu'est-ce que c'est que ça?

LE GARÇON.

Une lettre pressée.

JACQUES, prenant la lettre.

Donne.

LE GARÇON, qui a tendu la main et ne reçoit rien.

Merci. Le port est payé... (A part.) Tiens, tiens, il y aura peut-être du grabuge tout à l'heure; ça s'est vu.

(Il va et vient.)

JACQUES.

De Jeanne!... Tonnerre! comment a-t-elle appris?... Je sais tout. Il faut que je te parle à l'instant; il le faut, Jeanne. Et Louise et ma mère, et tout ce monde qui est là!... Garçon!...

LE GARÇON.

Monsieur demande?

JACQUES.

Va à la personne qui t'a remis cette lettre, et dis-lui que je la verrai demain; mais que ce soir je ne puis. Dis lui que... je suis...

LE GARÇON, voyant Jeanne qui s'avance.

Ma foi, monsieur, dites-lui tout ça vous-même à cette personne, la voilà! (A part.) Ça y est.

(Il se retire.)

JACQUES.

Jeanne! Jeanne, ici!...

SCÈNE VI

FRICOT, MAURICE, JACQUES, JEANNE.

(Fricot et Maurice se cachent dans l'arbre.)

JEANNE.

Donc, c'est vrai, tu te maries, tu es marié!

JACQUES.

C'est vrai.

JEANNE.

Et je n'en savais rien... Et si le hasard, ou une de mes amies ne m'avait instruite de ce mariage, je ne l'aurais appris que demain, dans huit jours, dans huit mois.

JACQUES.

Jeanne, plus bas! plus bas!

JEANNE.

Oh! sois tranquille!... je ne veux pas d'esclandre; je ne suis pas venue ici pour ça. Tu es marié. Ce qui est fait est fait. Qui as-tu épousé? Une riche veuve âgée de soixante ans! ou une jeune fille de quinze ans dont tu es amoureux fou? Parle, réponds!

JACQUES.

Jeanne, je me suis marié parce que je le devais. Je n'aime pas ma femme; c'est une orpheline recueillie par ma mère, sans fortune aucune; mais je devais l'épouser: j'ai fait ce que je devais.

JEANNE.

Eh ben!... et moi?

JACQUES.

Toi!... toi!... tu sais bien que je t'aimais, puisque pour toi je désertais si souvent la demeure de ma mère; puisque pour ne pas te quitter, je fuyais l'atelier et tous les endroits où un honnête ouvrier peut marcher la tête haute; puisque je te réponds, au lieu de m'en aller en ce moment, tu vois bien que je t'aimais... que je t'aime peut-être encore... Mon Dieu! mon Dieu! si l'on venait!...

JEANNE.

Oui, tu m'aimais, mais tu ne m'épouses pas, moi! Tu me plantes là. Tu as eu tort, Jacques, de te conduire ainsi, me connaissant comme tu me connais. Je suis une fille de cœur, si je ne suis pas une honnête fille. Tu m'aurais tout avoué hier, que je t'aurais peut-être laissé faire; aujourd'hui, tu as commis une faute, tu en subiras les conséquences.

JACQUES.

Que veux-tu dire?... Parle, parle vite.

JEANNE.

Oh! ce ne sera pas long, va. A tort ou à raison, je t'aimais, je t'aime encore. J'avais mis tout ce qui me restait d'espoir et d'avenir dans c't' amour-là, me disant: J'ai assez traîné mon existence dans les chemins de traverse; je veux revenir sur mes pas et retrouver la grande route et le grand soleil. Depuis que je t'ai connu, j'ai quitté mon genre de vie ordinaire, je me suis remise à travailler; ça t'ennuyait souvent de me trouver l'aiguille à la main quand tu venais chez moi, et moi je me disais: plus tard, qui sait, il me revaudra ça!... plus tard! Ah! oui!... je n'ai plus rien à faire en ce monde.

JACQUES.

Jeanne, calme-toi, je t'en supplie.

JEANNE.

Oh! je suis calme! ne crains rien. Tu as séduit une jeune fille et tu lui donnes ton nom parce que tu lui devais une réparation, c'est bien; tu ne me dis pas un mot de tout cela, et pendant que monsieur va à la mairie, à l'église et à Robinson, je l'attends avec confiance, comptant sur les serments de ses lèvres menteuses; c'est à merveille! Dis donc, Jacques, si je me tuais ce soir, ne crois-tu pas que mon sang ferait bien sur vos habits de mariés?

JACQUES.

Jeanne, tu ne feras pas cela!

JEANNE.

Aussi vrai que ton mariage est un mariage maudit, je le ferai.

JACQUES.

Mais c'est de la folie! Voyons, Jeanne, je te connais, tu es capable de tout. Ne me parle pas ainsi.

LA VOIX DE PINÇON, dans la coulisse.

Jacques! hé! Jacques!

JEANNE.

On demande le marié! allons, vas-y.

JACQUES, courant à la colonnade.

Je viens!... Oh! mon Dieu! que faire? (revenant) Jeanne, promets-moi que tu ne prendras aucune résolution désespérée et demain matin je serai chez toi; nous réfléchirons; nous verrons. Que sais-je, nous trouverons quelque chose. Voyons, réponds-moi.

JEANNE.

Demain matin! oui!... Et ce soir, heureux époux, tu oublieras que je me ronge de fièvre à t'attendre. Non, adieu!

VOIX DES INVITÉS, sur l'air des lampions.

Le marié! le marié!

JACQUES, criant.

Me voici... Jeanne, finissons-en, si tu ne veux pas qu'on te surprenne en ce lieu. Attends à demain.

JEANNE.

Non.

JACQUES.

Que veux-tu, alors? parle... car je ne comprends plus, la tête m'éclate; si cela continuait longtemps, j'en deviendrai fou!... Que veux-tu?

JEANNE.

Tu m'aimes encore, n'est-ce pas?

JACQUES.

Oui! oui!

JEANNE.

Quitte ta femme et suis-moi.

JACQUES.

C'est impossible!

(Maurice descend.)

JEANNE.

Alors...

SCÈNE VII

LES MÊMES, PINÇON, GRINGALET, puis toute la noce.

GRINGALET.

Le marié! qu'on nous serve le marié!

PINÇON.

Ah çà! mais qu'est-ce qu'il bâtit par ici, ce lambin? Un rez-de-chaussée ou un troisième?... Une femme! ah! sapristie! voilà du propre!

GRINGALET.

Silence donc, patron!

PINÇON.

Ah! ben! le plus souvent que je me tairai!... Et la morale! Venez tous!... Ah! le joli mariage! ça commence d'une façon chouette!

GRINGALET, à Jeanne.

Éloignez-vous, ma belle enfant!

MAURICE.

Restez, madame, et ne craignez rien.

(Tous arrivent.)

MADAME DESNOYERS.

Qu'y a-t-il?

LOUISE.

Oh! voyez, ma mère!

MADAME DESNOYERS.

Jacques, quelle est cette femme?

JACQUES.

Ma mère...

PINÇON.

Eh! parbleu! pas tant de compliments!... Il ne faut pas être ben malin pour deviner que c'est la bonne amie de ce rien du tout.

MAURICE, s'avançant.

Vous vous trompez, monsieur Pinçon, cette femme est ma maîtresse. Venez, Jeanne.

(Stupeur générale.)

PINÇON.

En v'là une salée!

JACQUES.

Maurice! que dis-tu?

MAURICE.

La vérité! (Bas.) Louise! songe à Louise!

JEANNE, vite et bas, en passant devant Jacques.

Si dans deux heures tu n'es pas chez moi, dans deux heures cinq minutes je serai morte.

FRICOT.

Garçon! sans vous commander, un dernier fricandeau à l'oseille.

PINÇON.

C'est le douzième!

LE GARÇON.

Montez! houp! recevez.

FRICOT.

Reçu! houp! descendez.

(Tout le monde s'apprête à sortir. Jacques est resté absorbé; Louise qui le considère vient à lui; Jacques sort de sa rêverie et sort avec Louise.)

ACTE II

Troisième Tableau.

LA MALÉDICTION.

Une chambre d'auberge à Fontenay-aux-Roses. Alcôve avec rideaux. Une seule porte au fond.

SCÈNE PREMIÈRE

L'AUBERGISTE, JEANNE.

JEANNE.

C'est bien ici leur chambre?

L'AUBERGISTE.

Oui, madame, voilà celle qu'ils ont retenue; en face dans le corridor, il y a celle que madame Desnoyers, leur mère, doit occuper.

JEANNE.

Croyez-vous qu'ils tarderont encore à venir?

L'AUBERGISTE.

Oh! non!... il n'y a pas loin de Robinson à Fontenay-aux-Roses; le repas et le bal doivent être terminés, voilà qu'il est près de minuit.

JEANNE.

Alors, je vais les attendre ici.

L'AUBERGISTE.

Oh! vous voulez rire! Les attendre ici!... comme vous y allez! Est-ce que ça se peut?... Est-ce qu'on s'installe comme ça dans la chambre de deux nouveaux mariés! Eh bien? et la morale?... Qu'est-ce que vous leur voulez donc à ces enfants?

JEANNE, souriant.

Je ne leur veux pas de mal, soyez tranquille... Je suis la sœur de Jacques, le marié; vous savez, j'arrive de voyage exprès pour assister à leurs noces; mais, vous le voyez, je suis en retard. J'ai appris qu'après Robinson ils viendraient ici. Ils ne comptent pas sur moi; ma présence leur sera une surprise agréable, voilà tout.

L'AUBERGISTE.

A la bonne heure. Chut! Ça leur fera joliment plaisir de vous voir là comme ça tout de suite. Dès que ça arrange tout le monde, moi, je ne demande pas mieux... V'là de la lumière et tout ce qu'il vous faut. Maintenant, chacun ses petites affaires, n'est-ce pas? Je vous laisse les attendre... Du reste, ce ne sera pas long, allez. (Fausse sortie.) Ah! dites donc, madame, faut-il les prévenir que vous êtes là?

JEANNE.

Gardez-vous-en bien... puisque c'est une surprise.

L'AUBERGISTE.

Ah! oui! chut! (Elle sort.)

SCÈNE II

JEANNE, seule.

Enfin, j'ai réussi; ce Maurice qui voulait m'endoctriner! il n'a donc pas de sang dans les veines ce garçon-là! Comment, il en tenait pour la petite et il les a laissés se marier! Oh mais! Jeanne ne se chauffe pas de ce bois-là, elle; cette fille, elle est honnête, elle a eu la chance qu'on lui apprenne à ne pas faire mal, elle a des gens autour d'elle qui l'aiment, qui la respectent; elle a tout enfin, et moi qui n'ai rien au monde, moi qui suis une fille abandonnée à laquelle tout le monde a dit : fais le mal; moi qui n'ai pas eu de mère, et qu'on méprise; moi qui ne possède qu'un bien, mon amant, elle vient me le prendre! Non, non, ma belle enfant, tu n'en es pas où tu crois. Tu l'auras, mon Jacques, oui, puisque vous êtes mariés, mais, avant, je serai morte. Vous passerez sur mon cadavre pour arriver à votre lit de noces. (Elle tire un flacon de sa poche.) Oui, la mort est là, sûre et prompte; la vieille qui me l'a vendu me l'a bien dit. En buvant la moitié de ça, on doit mourir en une heure. Je boirai tout, ça sera plus vite fait. Oh! Jacques! Jacques! ce n'est pas moi qui souffrirai le plus!... Du bruit, ce sont eux.

(Elle se cache derrière les rideaux de l'alcôve.)

SCÈNE III

JEANNE, LOUISE, MADAME DESNOYERS.

MADAME DESNOYERS.

Tranquillise-toi, mon enfant, cette femme était là pour Maurice.

LOUISE.

En êtes-vous bien sûre, ma mère?

MADAME DESNOYERS.

Sans doute, puisque Maurice l'a avoué lui-même.

LOUISE.

Ma mère, je sais Maurice capable de tous les dévouements.

MADAME DESNOYERS.

Tu fais injure à Jacques, mon enfant, et je ne te comprends pas, puisque tu l'aimes et que tu as voulu l'épouser. Jacques peut être léger; mais il a du cœur, et il ne serait pas capable d'une pareille trahison.

LOUISE.

Je voudrais vous croire, ma mère, je vous crois; et cependant, tenez... je suis triste, je souffre, je pleure...

MADAME DESNOYERS.

Allons, allons, j'entends venir quelqu'un qui séchera ces larmes-là... Ou plutôt, essuie-les vite; vois-tu, les hommes n'aiment pas qu'on pleure.

SCÈNE IV

LES MÊMES, JACQUES, L'AUBERGISTE.

L'AUBERGISTE.

Par ici, monsieur, par ici. (Entrant.) Tiens, ous' qu'est donc l'autre? Ah! la surprise se prépare... Chuuutt!

(Elle sort.)

MADAME DESNOYERS.

Allons, mauvais sujet, venez embrasser votre mère.

(Jacques embrasse sa mère.)

LOUISE.

Ma mère, vous qui êtes une sainte femme, ne direz-vous rien à Dieu pour moi?

(Jacques et Louise s'inclinent devant leur mère.)

MADAME DESNOYERS.

Mon bon Dieu, je vous supplie de bénir le mariage de ces deux enfants-là. Faites qu'ils soient aussi heureux que nous l'avons été, mon pauvre défunt et moi, afin que leur mère vous remercie toute la vie dans ses prières.

(Elle les embrasse tous deux et sort.)

SCÈNE V

JEANNE, cachée; JACQUES, LOUISE.

(Dès que sa mère est sortie, Jacques va s'asseoir près d'une table et reste sombre et distrait.)

LOUISE.

Qu'a-t-il donc? (Elle s'approche.) Jacques, à quoi penses-tu?

JACQUES.

Et toi?

LOUISE.

Moi, je pense au bonheur d'être ta femme et de t'aimer sans rougir.

JACQUES, amèrement.

Oui, tu es heureuse, toi; tu n'as jamais aimé qu'un homme,

aussi il t'a épousée! Et puis, tu n'as dans ta vie commis aucune mauvaise action qui te pèse sur la conscience et qui t'étouffe.

LOUISE.

Jacques, tu m'effrayes... que veux-tu dire?

JACQUES.

Rien, sinon que tu es heureuse et que tu as raison de l'être! (A part.) Mais elle, elle souffre, elle meurt peut-être en ce moment... Et être cloîtré ici!

JEANNE, pâle et soulevant le rideau.

Il disait vrai; il ne l'aime pas!

JACQUES, à Louise.

Pardonne-moi... ne t'inquiète pas. Tu sais, je suis souvent comme cela, triste, sans raison... Repose-toi; moi, je resterai là, près de cette table.

LOUISE.

Me reposer quand vous souffrez! quand vous êtes affligé? Non, ce n'est pas le devoir d'une femme; je veux rester auprès de vous pour vous consoler, si je puis. Pourquoi ne me regardes-tu pas?... Tu ne m'aimes donc plus, mon Jacques, depuis que je suis ta femme?

JACQUES.

Si je ne t'avais pas aimée, t'aurais-je épousée, quand ce mariage...

LOUISE.

Eh bien! ce mariage...

JACQUES.

Oui, laisse-moi... je t'ai déjà dit de me laisser... (A part.) Et Jeanne!... il me semble qu'en restant ici, je deviens assassin.

LOUISE.

C'est depuis que cette vilaine femme du bal vous a parlé que vous êtes méchant avec moi.

JACQUES, avec colère.

Quelle femme!... Je ne veux pas qu'on me parle de cette femme.

LOUISE.

Tu la connais donc?

JACQUES.

Oui, puisque c'est la maîtresse de Maurice... Il l'a dit assez haut!... Ou plutôt non, non, je ne la connais pas; j'ignore qui elle est... je ne sais même pas son nom!

JEANNE, paraissant.

Tu aurais pu attendre au moins que Jeanne fût morte, pour la renier!...

LOUISE.

Ah! cette femme... encore...

JACQUES.

Jeanne ici!... Justice du ciel!... est-ce que je deviens fou?

JEANNE.

Non! tu es devenu lâche et menteur, voilà tout.

JACQUES.

Jeanne, tais-toi!

JEANNE.

Non, je ne me tairai pas... Je veux que cette jeune fille... que ta femme sache qui je suis, qui tu es, pour qu'elle te méprise et te haïsse, comme je te méprise et comme je te hais!... Écoute, toi, Maurice a menti là-bas en disant que j'étais sa maîtresse; je suis la maîtresse de Jacques, de ton mari, entends-tu?

LOUISE.

C'est horrible, Jacques! Faites-la donc taire... vous n'entendez donc pas ce qu'elle dit?...

JACQUES.

Jeanne!... c'est infâme, ce que tu fais là... Va-t'en... tiens! va t'en... il en est temps encore!...

JEANNE.

Non, non, il faut qu'elle écoute jusqu'au bout!... Va, va, pauvre fille, je ne te hais plus; il ne t'aime pas, il t'a trompée comme moi... Songe donc! il te jurait, n'est-ce pas, que tu étais son seul amour, qu'il ne vivait que pour toi?... Eh bien! après t'avoir dit cela, il sortait, venait chez moi et m'en disait autant. Comme c'est brave à un homme, de mentir à deux pauvres femmes sans défiance!... Va, tu n'es pas un homme, tu es un lâche!

JACQUES, qui s'est contenu jusque-là.

Assez! assez, Jeanne!... tu me connais... Ne me pousse pas à bout, je te briserais!...

(Il la menace du geste.)

LOUISE, se jetant entre eux.

Jacques... une femme!... Sortez, madame, sortez!...

JEANNE.

Laissez-le donc!... Ça sera bientôt votre tour, allez. (Allant à lui.) Frappe-moi donc... je t'en défie... Est-ce que tu crois que je n'aimerais pas mieux mourir de ta main que du poison?...

JACQUES.

Qu'est-ce qu'elle dit?... du poison!... N'a-t-elle pas dit du poison?...

JEANNE.

Oui, ce que je t'avais dit, je l'ai fait. Seulement, j'ai pensé que tu ne viendrais pas et je suis venue. Je me suis dit que ça ferait bien de voir mourir la maîtresse sacrifiée dans la chambre nuptiale. (A Louise.) Dis, toi, est-ce que tu oseras l'aimer, maintenant que tu vois où ça mène?... Ah! je souffre.

JACQUES.

C'est impossible, tu n'as pas fait cela! Tu mens, c'est un piége.

JEANNE, lui tendant le flacon.

Tiens, lis, j'ai tout bu... ah!

(Elle tombe sur une chaise.)

LOUISE.

Pauvre femme!

(Elle s'approche d'elle et la soutient.)

JACQUES.

Du laudanum!... mais elle est perdue!... Ah! mon Dieu! (Criant.) Un médecin, du secours, à moi, du secours!

(Il va à la porte et l'ouvre en criant.)

SCÈNE VI

LES MÊMES, L'AUBERGISTE.

L'AUBERGISTE.

Qu'est-ce qu'il y a? Est-ce que le feu est à la maison?

JACQUES.

Un médecin! où y a-t-il un médecin?

L'AUBERGISTE.

Ah! monsieur, il faut faire un bon quart de lieue et il ne se dérange pas la nuit; il est vieux, le docteur.

JACQUES.

Oh! je le forcerai bien à venir, moi! avez-vous une carriole, un cheval?

L'AUBERGISTE.

Oui, j'ai Cocote.

JACQUES.

Attelez vite; je payerai ce qu'il faudra; allez, allez donc! vous ne voyez pas que cette femme se meurt?

L'AUBERGISTE, s'en allant.

Ah bien! la surprise a joliment réussi!

(Elle sort.)

SCÈNE VII

LES MÊMES, MADAME DESNOYERS, MAURICE.

(Louise s'échappe et va pleurer loin d'eux.)

JACQUES, revenant près de Jeanne.

Jeanne! reviens à toi, je te sauverai, je ne veux pas que tu meures! c'est toi que j'aime, entends-tu? c'est toi! toi seule! Ils m'ont forcé d'épouser l'autre, je ne voulais pas, je te le jure... Elle ne revient pas, mon Dieu!... Et cette voiture!

(Il va vers la porte et rencontre sa mère qui entre.)

MADAME DESNOYERS.

Qu'y a-t-il?... Pourquoi ces cris?

JACQUES.

Ma mère...

(Il s'arrête.)

LOUISE, s'élançant vers elle.

Ah! ma mère! ma mère! n'entrez pas dans cette chambre, emmenez-moi, ne me quittez pas, j'ai peur.

MADAME DESNOYERS.

Qu'est-ce donc? (Elle écarte Louise et aperçoit Jeanne.) Ah! Jacques, que fait cette femme ici?

JACQUES.

Vous le voyez bien, elle meurt!

L'AUBERGISTE, entrant.

La voiture est prête.

JACQUES.

C'est bien, aidez-moi à la porter, vite!

(Il s'approche de Jeanne pour l'emporter, aidé de l'aubergiste.)

MADAME DESNOYERS, l'arrêtant du geste.

Jacques, restez ici!...

JACQUES.

Ma mère!...

MADAME DESNOYERS, à l'aubergiste.

Madame, transportez cette femme dans une chambre voisine... Donnez-lui tous les soins nécessaires et envoyez chercher le médecin en toute hâte... (A Jacques qui fait un mouvement.) Mais restez donc, vous ne comprenez pas que vous n'avez pas le droit de toucher à cette femme ici et devant nous.

JACQUES.

Ma mère!... je ne peux l'abandonner ainsi!

MADAME DESNOYERS, à l'aubergiste.

Allez, madame, je réponds de tout.

(L'aubergiste, aidée d'une femme, emmène Jeanne.)

SCÈNE VIII

JACQUES, LOUISE, MADAME DESNOYERS.

JACQUES, se précipitant.

Jeanne! Jeanne!... je ne veux pas qu'on nous sépare.

MADAME DESNOYERS, se mettant devant la porte.

Jacques, je te défends de la suivre.

JACQUES, s'arrêtant.

Ma mère, laissez-moi passer.

MADAME DESNOYERS.

Non.

JACQUES.

Ma mère, il faut que j'empêche cette femme de mourir.

MADAME DESNOYERS.

Tu ne sortiras pas.

JACQUES.

Mais vous ne comprenez donc pas qu'elle s'est empoisonnée pour moi!... Vous ne comprenez donc pas que je suis son assassin!

MADAME DESNOYERS.

Je ne sais qu'une chose, c'est que ta place est ici... D'ailleurs, ta présence serait inutile là-bas.

JACQUES.

Par pitié! ma mère; une heure, une demi-heure, tenez, quelques minutes seulement, laissez-moi passer, que je voie si elle vit ou si elle est morte.

LOUISE, pleurant.

Oh! c'est affreux! mon Dieu! mon Dieu!

MADAME DESNOYERS.

Tu ne vois donc pas souffrir cette enfant?

JACQUES.

Eh! croyez-vous que je ne souffre pas aussi, moi?

(Il tombe sur une chaise.)

MADAME DESNOYERS, s'approchant de lui.

Jacques, mon enfant, je t'en supplie, par le souvenir de ton père, par les pleurs de ma Louise qui a mis son bonheur en toi, ne t'en va pas; reste avec elle, elle est ta femme devant Dieu.

JACQUES.

Jeanne se meurt.

LOUISE.

Jacques, s'il n'y avait que moi, je ne vous fatiguerais pas de ma prière; tout est fini entre nous deux, à partir d'aujourd'hui. Mais, elle, cette pauvre vieille mère, vous êtes toute sa vie et toute sa joie, vous êtes son seul espoir en ce monde, elle est là qui pleure et supplie. Jacques, ne restez pas sourd à ses larmes, à ses prières. Je vous le dis, et vous le savez comme moi, elle mourra si vous la quittez. Jacques, ne tuez pas votre mère.

JACQUES.

Ma mère! je... oui!... Je voudrais vous obéir... mais non, c'est impossible... Jeanne! qui sait?... Jeanne est morte peut-être? je ne puis pas... je ne puis pas... laissez-moi aller, par grâce, laissez-moi...

MADAME DESNOYERS.

Au nom de votre femme, Jacques, restez.

JACQUES.

Non.

LOUISE.

Au nom de Dieu et de votre mère, restez.

JACQUES.

Non...

MADAME DESNOYERS, allant à la porte et l'ouvrant.

Jacques, la porte est ouverte, si tu en dépasses le seuil, tu ne remettras pas le pied dans ma demeure.

(Jacques se dirige vers la porte.)

LOUISE, lui prenant la main.

Oh! Jacques!

MADAME DESNOYERS, se redressant.

Non, laissez-le aller, ma fille!... (Jacques est sur le seuil et s'arrête hésitant). Va-t'en, mauvais fils, va-t'en, je te chasse et je te...

LOUISE.

Non, non, pas cela, mère, pas cela!

MADAME DESNOYERS.

Enfant né dans un jour de malheur, qui ne m'as jamais rendu que des chagrins pour des baisers, traître à ta femme, traître à ta mère, traître à Dieu, pars, va-t'en!

JACQUES.

Ma mère, vous me faites peur!

MADAME DESNOYERS.

Sors d'ici. Ce n'est plus ta place. Je ne te connais plus et je prierai le ciel de me faire oublier jusqu'à ton visage. Va-t'en, et sois maudit!

(Louise tombe aux pieds de madame Desnoyers qui étend le bras vers son fils.)

JACQUES, écrasé par la surprise et la douleur.

Maudit!... je suis maudit!... ma mère!

MADAME DESNOYERS.

Va-t'en.

JACQUES.

Oh! Jeanne! Jeanne! je n'ai plus que toi au monde!

(Il s'enfuit.)

ACTE III

Quatrième Tableau.

LE BAL FAVIÉ

L'intérieur du bal Favié, à Belleville.

SCÈNE PREMIÈRE

GRINGALET, en singe. FRICOT, en amour, couronné de roses et en bottes à l'écuyère, poursuivant DEUX PIERRETTES. On danse.

GRINGALET, retenant les deux grisettes qui veulent le quitter.

Pas si vite, mes petites biches! on a donc peur de l'amour, du seul, du vrai amour des salons et de son copin Papion premier, la fine fleur des pois du royaume des singes... Une pose, amour...

(Fricot se pose.)

PREMIÈRE PIERRETTE.

Laissez-nous tranquilles, vous nous ennuyez.

DEUXIÈME PIERRETTE.

Oh! oui!

GRINGALET.

Vous ennuyer! nous! ô idoles de nos âmes, quand nous vous offrons tous les rafraîchissements les plus délicieux, de la limonade, de l'eau de seltz, du cognac et un quart d'heure de conversation... Une seconde pose, ô amour! la première a fait four près de ces dames.

(Fricot prend une attitude plus gracieuse que la première.)

PREMIÈRE PIERRETTE.

Je vous dis de nous fiche la paix... sont-ils sciants, ma chère!

DEUXIÈME PIERRETTE.

Oh! oui.

GRINGALET.

Oh! oui!... elle l'a dit. Eh bien! qu'est-ce que nous vous demandons? Pas autre chose que ce oh! oui! Parlez, que voulez-vous encore? Un fiacre et nos cœurs! nous trouverons bien un cocher qui nous ouvrira sa portière et qui marchera au pas, à cause du verglas.

UN GARÇON.

Limonade polonaise! punch! et vin chaud!

PREMIÈRE PIERRETTE, riant.

Tiens, je veux du punch, allez m'en chercher.

GRINGALET.

Hé! par ici! garçon!

LE GARÇON, en bas.

Voilà! voilà! mes petites dames.

GRINGALET.

Deux verres pour ces anges!... Ah! bigre! je n'ai pas le bras assez long.

PREMIÈRE PIERRETTE.

Eh ben! montez sur la table... en v'là un singe qui ne sait pas son rôle.

GRINGALET.

Au fait, c'est vrai... L'Amour, je te confie ces frêles beautés. Si tu veux continuer à les séduire, pose toujours, mais cause le moins que tu pourras.

(Gringalet descend. Fricot entoure la taille des deux femmes de ses bras et leur fait des agaceries.)

LE GARÇON.

Nous avons dit deux verres... Voilà!

GRINGALET, le payant.

L'Amour, place à ces dames!

(Fricot reçoit les verres, les offre aux femmes, et les rend à Gringalet.)

PREMIÈRE PIERRETTE.

Pouah! que c'est mauvais!

DEUXIÈME PIERRETTE.

Oh! oui!

GRINGALET.

En v'là une qui ne sait que cela!

LE CRIEUR.

En place les danseurs, les danseuses!

UNE PIERRETTE, voyant entrer Pinçon.

Tiens, un vénérable! dis donc, vieux, payes-tu à souper?

SCÈNE II

LES MÊMES, PINÇON, MAURICE.

PINÇON, grondant.

Eh bien, vois-tu, Maurice, on fait encore son effet. Ah çà! j'ai donc l'air d'un Balochard, voyons, pour qu'on me propose un souper à six heures du matin! Je ne vais pas me coucher, moi, entends-tu? je me lève.

MAURICE.

C'est votre faute... Pourquoi m'avoir entraîné dans un pareil lieu?...

PINÇON.

Ah! je vas te dire, c'est que mes ouvriers m'ont demandé de ne venir qu'à huit heures... Oh! les loupeurs!... Enfin, qu'ils s'amusent! moi, ça m'est égal. Ce n'est pas toi qui te mêles à ces orgies-là, mon brave Maurice! Aussi sois tranquille, va! je me charge de ton avenir... Quel dommage que je n'aie pas de fille! aussi vrai qu'il n'y a qu'un bon Dieu, je te l'aurais donnée!...

MAURICE.

Vous êtes trop bon, patron!... Mais, voyez-vous, vous auriez eu tort. Il y a des gens qui n'ont pas de chance : elle aurait été malheureuse avec moi!

PINÇON.

Tu dis ça à cause de Louise... Ah! mon pauvre garçon, c'est vrai que ce mariage-là n'a pas bien tourné pour toi ni pour elle... Et penser que c'est par la faute de ce brigandeau, de ce propre à rien de Jacques! Ah! le gueux!... Bien heureusement qu'il ne fait plus partie de ma fabrique! Mais qu'est-il devenu depuis trois mois que ce stupide mariage s'est accompli?

MAURICE.

Vous avez appris la tentative de suicide de cette malheureuse avec laquelle il vit?

PINÇON.

Oui, après?

MAURICE.

Le laudanum pris à certaine dose tue; en trop grande quantité, il ne fait qu'endormir d'un sommeil léthargique, d'où l'on sort à force de soins. C'est ce qui est arrivé. Jeanne s'est tirée de là, et cette preuve d'amour donnée par elle à Jacques a resserré leurs liens encore plus étroitement. Jacques, chassé par sa mère, n'est pas revenu. Les pauvres femmes pleurent et prient, et moi... moi, je fais ce que je peux pour les consoler.

PINÇON.

Oui! je sais... C'est toi qui fais aller la maison pendant que ce va-nu-pieds rigole le jour et la nuit... C'est bien, cela, mon vieux!... Mais, dis-moi, pour dépenser, faut gagner... comment ce mauvais gars fait-il? Il ne vole pas, je suppose?

MAURICE.

Oh! il en est incapable!... Il vivra de ces mille industries qui ne sont pas un travail et qui sont plus dans son caractère...

PINÇON.

Marchand de contremarques ou ramasseur de bouts de cigares... Tiens, n'en parlons plus... J'ai une idée... Restons ici, ça nous égayera, ça nous distraira... Je ne serais pas fâché de voir si la descente de la Courtille de cette année vaut celle d'il y a vingt ans... Ah! c'était le vrai temps des chaloupeurs, des... Eh ben! eh ben! qu'est-ce que je dis là, moi?

MAURICE, souriant.

Personne ne vous a entendu, patron.

PINÇON.

Tu vas rester avec moi?

MAURICE.

Je le voudrais, mais ça m'est impossible. Tous les matins, vers cette heure-ci, je passe prendre des nouvelles de madame Desnoyers et de Louise, et dans une heure l'atelier ouvre. Il faut que je sois là.

PINÇON.

Et puis, tu n'as pas le cœur à la noce. Cependant, vois-tu, mon garçon, il ne faut rien exagérer : tu travailles trop, et tu ne te distrais jamais.

MAURICE.

Comment, patron, vous voulez me débaucher?...

PINÇON.

Qu'est-ce que tu veux! ces orchestres, ce bruit de fête, ça me rajeunit... Il faut que je voie ça... (Cesser la musique.) Va à tes affaires; dans une heure j'irai te rejoindre.

(Maurice sort.)

PINÇON, criant de son côté.

N'oublie pas de faire affûter la scie à placage...

MAURICE, de loin.

Soyez tranquille, patron.

LE CRIEUR.

En place les danseurs, les danseuses!

SCÈNE III

PINÇON, LE GARÇON.

PINÇON, au garçon.

Garçon! garçon!

LE GARÇON.

Voilà, monsieur!

(La musique recommence.)

PINÇON.

Avez-vous un cabinet d'où on puisse voir à son aise, sans être dérangé?

LE GARÇON.

Le numéro deux... une vraie bonbonnière... Monsieur attend des dames?

PINÇON.

Qu'est-ce que c'est, polisson?... Une bouteille à vingt sous et du fromage de gruyère... Bah! une fois n'est pas coutume... Font-ils un sabbat!

LE GARÇON.

Ah! monsieur, c'est que les galops de la fin vont commencer...

PINÇON.

Ah! les galops de la fin... Eh bien, voyons ça, voyons ça!

(Il entre dans un cabinet.)

SCÈNE IV

LE GARÇON, seul.

Pas de dame! ce monsieur déjeune tout seul... Hum! mauvaise société! (Cris au dehors. On entend un charivari épouvantable dans la coulisse, charivari qui se mêle aux orchestres.) Qu'est-ce qu'il y a?... (Allant au fond.) Tiens! des voitures de masques, des gens à cheval et à pied... Oh! oh! ce n'est pas de la petite bière!... Courons prévenir le patron.

(Il rentre.)

SCÈNE V

GRINGALET, FRICOT, JACQUES, JEANNE, UN CHICARD, UN TURC.

(Au fond, Masques portant des torches et des drapeaux avec des enseignes grotesques, vêtus en titis, débardeurs et pierrots. Derrière eux, trois ou quatre Chicards soufflant dans d'énormes cornes; des Polichinelles, des Arlequins, des Colombines; des Sauvages et des Chinois, portant des grosses caisses et des bouquins; un pavois sur lequel sont assis Jacques et Jeanne. Jeanne est vêtue d'un brillant costume d'odalisque, Jacques en costume de fantaisie, avec un groupe autour d'eux, composé de Danseuses en bayadères et en Espagnoles. Quelques masques, figurant les eunuques du sérail, suivent, des écrans et des chasse-mouches à la main; puis Masques de tous sexes et de toutes sortes. Pendant le défilé du cortège, la galerie s'est peuplée.)

GRINGALET, à Fricot qui n'est plus très-solide sur ses jambes et qui a le nez excessivement rouge.

Hé! l'amour!

FRICOT.

Hein! attends que je me pose.

(Il chancèle.)

GRINGALET.

Tiens, c'est Jacques!... Ça va être drôle. On dit que depuis trois mois, il n'en finit pas de boire de l'absinthe...

FRICOT.

J'ai faim! paye-moi du fricandeau.

GRINGALET.

Assez! connu. Voyons, v'là que toute sa bande va s'arrêter. On va jaspiner : attention!

(Les masques se sont rangés dans le fond autour de Jacques, qui domine tout le monde.)

JACQUES.

Chinois et sauvagesses, sauvages et Chinoises, pochards et balocheuses, animaux et dieux de l'Olympe, tas d'idiots, de crétins, de gobe-mouches, de Parisiens que vous êtes... (Rires et huées; coups de grosse caisse, le silence se rétablit.) Rassurez-vous; je ne viens pas vous vendre des crayons; je viens vous donner pour rien de la gaieté, car vous vous amusez comme des croque-morts, et de l'esprit, car vous en avez besoin; et pour ce, je demande la parole.

FRICOT, titubant.

Tu la-z-as...

JACQUES.

Merci, Cupidon... un ban pour Cupidon!

TOUS.

Vive Cupidon! vive l'amour!

(Des masques élèvent Fricot sur une table. Il prend une pose pleine de grâce. Les cornes sonnent. Cris et tapage.)

JACQUES, frappant sur sa caisse.

Assez!

(Le silence se fait, profond et complet.)

UN CHICARD.

Qui qu't'es, toi, esbrouffeur?...

JACQUES.

Je suis le carnaval, et voici ma sultane favorite, la Courtille.

(Il montre Jeanne.)

FRICOT.

Chabanais pour la Courtille.

(Cris et cornes, coups de caisse, silence.)

JACQUES.

Masques dégénérés, nous venons vous rappeler à l'exemple de vos pères. Quand ceux-là descendaient la Courtille, c'était, depuis Belleville jusqu'au boulevard du Temple, un fleuve de voitures, de chevaux, de piétons, un tonnerre de rires; les bouchons sautaient comme des salves d'artillerie; les dragées pleuvaient comme giboulée d'avril; les femmes chantaient, les hommes criaient, les enfants beuglaient, les postillons claquaient, les chevaux piaffaient, les filous volaient, et les honnêtes gens se sauvaient... c'était grandiose, c'était beau...

GRINGALET.

Bien dit, l'amour, hein!

FRICOT.

J'ai faim! paye-moi du fricandeau.

JACQUES.

Aujourd'hui, vous ne faites plus le carnaval; vous vous embêtez en costume, voilà tout, vous vous enfermez comme des serins dans un tas de petites cages où vous avalez plus de poussière que de bon vin; vous gigotez trois heures à la même place, sous trois quinquets, au son de trois violons d'aveugle; il faut que ça finisse... Moi, carnaval, et elle, la Courtille, nous avons décidé qu'il y aurait aujourd'hui une descente digne de vos nobles aïeux. En conséquence... garçon, de l'absinthe pour me clarifier l'organe!

(Rires, cris, huées, coups de caisse, ainsi que plus haut.)

JACQUES.

Aussitôt les danses terminées, on formera un cordon qui ne permettra à personne, pékin ou enfant du carnaval, de sortir de chez Favié, sans payer son écot en boisson et en gaieté. Est-ce convenu?...

TOUS.

C'est convenu.

JACQUES.

Et maintenant que nous nous sommes compris, pierrots et chicards, turcs et odalisques, mandarins et débardeurs, titis et postillons, polichinelles et sauvages du nouveau et de l'ancien monde; crétins, pochards, idiots, parisiens, vous ne m'auriez pas écouté une minute si je vous avais parlé vertu, famille et honneur, tandis que vous me prêtez vos longues oreilles d'âne parce que je vous parle folie et déraison!... Vous êtes bien les fils de vos pères; je vous donne ma bénédiction!... Ouf! allez la musique... Garçon, mon absinthe!...

(Charivari plus fort que tous les précédents. Jacques et Jeanne descendent et se placent à une table à gauche. Les masques se rangent dans le fond et par côté. Quadrille de carnaval et galop infernal. Jacques entraîne Jeanne qui s'arrête exténuée.)

JACQUES, ivresse complète.

Allons! allons encore! dansons toujours!

JEANNE.

Jacques, je n'en peux plus, je suis brisée!

JACQUES.

Toujours! toujours! viens!

JEANNE.

Non.

JACQUES.

Tiens, bois... cela te donnera des forces.

JEANNE.

De l'absinthe encore... non!... ça brûle.

JACQUES, buvant.

Ça ne brûle pas, ça rafraîchit.

GRINGALET.

Pristi! comme il lampe!...

FRICOT.

Oui, c'est de la bonne huile! j'en veux! part à deux!

JACQUES, le repoussant.

Va t'asseoir, on t'écrira.

(Fricot tombe sur le nez et nage par terre.)

GRINGALET, chantant.

Plus d'amour! plus d'ivresse!

JEANNE, à Jacques qui boit à même la bouteille.

Jacques, je t'en supplie, ne bois plus... tu te tueras...

JACQUES, sombre et riant.

Crois-tu! eh, ben! après?... nous serons débarrassés l'un de l'autre, voilà tout... J'ai du feu dans la poitrine!... il faut l'éteindre... (Il boit encore.) Ah bah! je réfléchis! je pense! je suis stupide!... Eh bien!... compagnons, on s'endort!... et ce cordon sanitaire! Pékins ou non! à chacun son écot!

(Cris et tumulte. On forme une chaîne pour empêcher les passants de circuler. Un Turc et une Suissesse arrivent par le fond. On les traîne sur le devant de la scène.)

LE TURC.

De quoi?... on turlupine les frangins, maintenant...

JACQUES.

Silence, dévideur de jars, nous parlons le plus pur de tous les français... Réponds et n'interroge pas... Cupidon, une question à ce Turc... S'il répond, on le lâchera lui et sa Suissesse, sinon on le gardera jusqu'à ce qu'on en ait trouvé un plus bête que lui.

LE TURC, se fâchant.

Ah! mais ça durerait trop longtemps.

JACQUES, coup de caisse.

Silence!... En avant, l'amour!

FRICOT.

Bon Turc, aimes-tu les haricots?

LE TURC, riant de travers.

Dame! oui.

FRICOT.

Bon Turc, pourquoi les aimes-tu?

LE TURC.

Est-ce que je sais?

FRICOT, se posant.

Il ne sait pas! je ne le lui fais pas dire! Il ne sait pas! Ça n'est pas un Turc, c'est un âne.

(Cris et huées.)

JACQUES.

Seconde épreuve... qui la lui fera subir?

GRINGALET.

Moi!... Monsieur est agent de change ou bottier de sa profession?

LE TURC.

Je suis tanneur.

GRINGALET.

Très-bien! j'avais flairé ça! Monsieur croit-il que ses collègues soient des gens sérieux?...

LE TURC.

Les tanneurs, tous bons enfants et gais lurons.

GRINGALET.

Monsieur se trompe. Les tanneurs sont des gens tristes qui ne vont jamais au bal ni aux spectacles...

LE TURC.

Ah! par exemple! elle est bonne, et pourquoi cela?

GRINGALET.

Parce qu'ils ont peur de perdre leur tan.

FRICOT, se posant.

En v'là z'un de longueur... Bon Turc, c'est un calembour de sultan.

JACQUES.

Un ban pour celui-là!... Laissez aller la victime, elle a assez souffert!... A un autre!...

(Le Turc et la Suissesse se perdent dans la foule.)

SCÈNE VI

LES MÊMES, PINÇON.

PINÇON, cherchant à se frayer un passage.

Je voudrais bien m'en aller!... Ces enragés sont encore là! Ah! voilà ce rien du tout... Dans quel état!... Pouah!

(Il va pour passer, on l'arrête.)

FRICOT, se posant.

Minute, pékin! on ne file pas comme ça.

PINÇON.

Qu'est-ce qu'il me veut, celui-là? Veux-tu me lâcher, savoyard?...

GRINGALET, venant par derrière.

Bourgeois, votre mouchoir passe. Excusez, plus que ça de batiste! (Le reconnaissant.) Fichtre! le patron!... Sauve qui peut!...

(Il entraîne Fricot qui disparaît avec lui et se cache derrière les autres qui entourent Pinçon et se le passent de main en main.)

PINÇON.

Voulez-vous me laisser passer, tas de chenapans que vous êtes! ou je vous fais empoigner par le premier sergent de ville.

JACQUES, ivre.

En voilà un qui s'exprime avec facilité!... qu'on le monte sur n'importe quoi, et qu'il nous adresse des félicitations sur la distinction de nos manières; après quoi, on le lâchera.

PINÇON, traîné et monté sur une table.

Ah! ouiche!... c'est comme ça! vous voulez que je vous dise des gentillesses; attendez, je vas vous en coller, moi!

(Tous l'entourent et le menacent.)

JACQUES, se dégrisant.

C'est étrange!... il me semble reconnaître ce timbre!

PINÇON.

Vous n'avez pas honte, va-nu-pieds que vous êtes, de laisser là vos femmes et vos enfants pour venir bastringuer à la Courtille! Vous mériteriez le fouet, tas de mange-paresse!... Et celui-là, qui se met à votre tête, qui vous excite à la débauche et au vice, savez-vous ce qu'il a fait?... Allez, il est bien digne d'être votre cornac! il est en train de faire mourir dans les larmes deux pauvres femmes, après avoir trompé l'une et s'être fait chasser et maudire par l'autre, pour vivre avec une...

JACQUES.

Louise! ma mère!... c'est vrai!... elles m'ont maudit!...

TOUS.

Assez! assez! assommons le vieux!

PINÇON.

Venez-y donc! lâches! feignants! vous croyez me faire peur... j'en ai vu bien d'autres... venez-y donc un peu!...

UN CHICARD.

Ah! tu en veux, eh bien! tiens...

(Il va pour frapper Pinçon qui résiste en criant : Au secours! Des masques viennent en aide au chicard. Pinçon est à demi étranglé et renversé, quand Jacques, tiré de son ivresse par ses cris, s'élance à son secours et le dégage. Plusieurs reviennent à la charge. Jacques les reçoit en maître et les assied les uns après les autres sans leur faire grand mal.)

PLUSIEURS VOIX.

On se bat... A la garde! à la garde!

JEANNE.

Jacques, tu es seul, tu vas te faire écharper!

(Gringalet, Fricot et deux masques se joignent à Jacques.)

GRINGALET.

Mais non, mais non, il n'est pas seul... n'ayez pas peur, patron, on vous défendra.

FRICOT.

Tout de même!

PINÇON.

C'est bien, c'est bien, ivrognes, j'ai pas besoin de vous, je sais bien me défendre tout seul; je ne crains personne, entendez-vous? personne. Pour toi, Jacques, merci, mon garçon, je te revaudrai ça.

UN CHICARD.

Où est-il donc ce monsieur, que je le dévisage...

JACQUES, lui barrant le passage.

Laisse cet homme, et passe ton chemin.

LE CHICARD.

Qu'est-ce que c'est, comment que tu dis ça, malin?...

JACQUES.

Je dis que si tu touches à un cheveu de ce brave homme, tu auras ta paye comptant, sans escompte.

LE CHICARD.

Oui-da, mon fiston, tu veux payer pour les autres; eh bien, en garde! et tiens-toi bien, je suis élève de Leboucher.

JACQUES.

Moi, je suis élève de moi-même et tu vas voir.

(On fait cercle, trois ou quatre passes de boxe française.)

JEANNE.

Ah! mon Dieu, mon Dieu, au secours! séparez-les donc!... Ils vont se tuer!...

PINÇON.

En voilà assez, Jacques, finis...

JACQUES.

Bien paré, mon fils!... Ah! tu vises aux jambes, tiens!...

(Il se retourne et lui donne un coup de pied dans le flanc. Le chicard tombe.)

PINÇON.

Bravo! ça suffit, je me déclare satisfait.

JACQUES.

En as-tu assez?...

LE CHICARD.

Et toi?...

(En disant cela, il se relève un couteau à la main et va pour frapper Jacques... Jeanne s'élance entre eux et reçoit le coup dans la poitrine.)

JEANNE.

Oh!...

JACQUES.

Misérable!...

PLUSIEURS VOIX.

Un couteau!... arrêtez-le!... à l'assassin!... il a tué une femme!...

(La garde survient et arrête le chicard. Jeanne est étendue, Jacques la tient dans ses bras et se désole.)

JACQUES.

Jeanne, m'entends-tu?...

JEANNE, d'une voix faible.

Adieu... tout est fini pour moi... mais je t'ai sauvé!... J'aime mieux ça... retourne à ta mère... Je me repens, mon Dieu! mon Dieu!...

(Elle meurt.)

Cinquième Tableau.

LE CŒUR D'UNE MÈRE

Intérieur. Une chambre du logement occupé par Louise et Mme Desnoyers : table à manger, chaises de paille, buffet. Porte au fond, donnant sur le dehors, à droite; à gauche, portes intérieures.

SCÈNE PREMIÈRE

LOUISE, MAURICE.

(Au lever du rideau, Louise seule travaille à un ouvrage de couture. On frappe, elle va ouvrir, c'est Maurice.)

LOUISE.

Ah! c'est vous, Maurice.

MAURICE.

Tout va bien ici?

LOUISE.

Tout va bien.

MAURICE.

Vous êtes pâle, Louise.

LOUISE.

Mais non, vous vous trompez, je suis comme à l'ordinaire, mon ami.

MAURICE.

Louise, vous vous excédez de travail, cette pâleur me dit que vous avez encore passé une nuit à coudre. C'est mal; si vous saviez la peine que vous me faites! pourquoi vous fatiguer ainsi? ne suis-je pas là, moi, votre ami, votre frère?

LOUISE.

Oui, Maurice, je sais que vous êtes la providence des deux pauvres femmes abandonnées; mais, autant que possible, nous ne voulons pas vous être à charge. Et puis, voyez-vous, c'est si bon, le pain qu'on gagne soi-même!

MAURICE.

Cependant...

LOUISE.

N'insistez pas, je vous en prie.

MAURICE.

Madame Desnoyers, comment est-elle?

LOUISE.

Triste et désolée, comme au premier jour. Elle ne vivait que par son fils, cette pauvre mère! elle l'a perdu, elle ne vit plus. Elle passe sa vie à travailler à côté de moi, sans parler, sans pleurer, comme un corps vide de son âme. Elle est en ce moment au cimetière; elle y va chaque jour une heure, prier sur la tombe de son mari.

MAURICE.

Pauvre femme!

LOUISE.

J'ai peur pour elle; je crains que cette douleur, que rien ne distrait, ne la conduise au tombeau, et aujourd'hui j'ai songé... Oh! mais vous avez donc oublié quel jour nous sommes?

MAURICE.

Que voulez-vous dire?

LOUISE.

C'est aujourd'hui la fête de ma marraine. Moi, j'ai déjà un bouquet, et puis j'ai préparé, sans qu'elle me voie, un petit dîner où j'inviterai celui qui apportera un second bouquet.

MAURICE.

Merci! j'y cours; c'est une bonne pensée que vous avez eue là! Pauvre bonne mère! nous tâcherons de l'égayer, de la consoler un peu! Elle se croira avec ses deux enfants. Par moment, il me semble que je suis un peu son fils, moi aussi. Oh! Louise, je voudrais être son fils!

LOUISE.

Allez, allez, bavard.

MAURICE.

J'y cours, mais je reviens encore plus vite.

(Il sort.)

SCÈNE II

LOUISE, seule.

Maurice m'aime toujours, je le vois, j'en suis sûre, je devrais l'éloigner! Hélas! le puis-je? ce serait payer d'une ingratitude sans pitié un dévouement sans bornes. D'ailleurs, il ne m'a jamais dit un mot que ma mère n'ait pu entendre. Oui, mais quand sa voix me parle d'amitié ou de choses indifférentes, — j'entends bien, moi, son cœur qui me crie : je vous aime, et je n'ai pas la force de me séparer de lui! Oh! c'est qu'il est si timide, si affectueux! il a tant de soins et de prévenances pour ma mère et pour moi! Mon Dieu! c'est à cela que se prennent les femmes! Oh! comment ai-je pu lui préférer cet homme auquel je suis enchaînée, tout absent qu'il soit! Cet homme, oh! ç'a été de la folie, de l'aveuglement! Oui, et quand j'ai recouvré la raison, quand j'ai vu clair, il était trop tard. Je suis mariée, oui, mariée, et c'est coupable à moi de ne pas décourager Maurice! Encore aujourd'hui; et demain je lui parlerai franchement, il me comprendra, il s'éloignera.

(La porte du fond s'ouvre; entre Mme Desnoyers, en deuil, pâle, les yeux baissés; elle a un chapelet dans les mains; elle marche lentement, et sans rien voir autour d'elle.)

SCÈNE III

LOUISE, MADAME DESNOYERS.

LOUISE, à part.

Ma mère! comme elle est triste!

MADAME DESNOYERS s'avance lentement vers la porte de gauche, toujours absorbée par la douleur.

LOUISE.

Marraine, Maurice est venu, il dîne avec nous.

MADAME DESNOYERS, sans l'entendre, continue à s'avancer vers la porte. Arrivée sur le devant du théâtre, elle lève les yeux au ciel et dit d'une voix navrée :

Je l'ai maudit!

(Puis elle entre dans sa chambre, sans se retourner, et comme si elle était seule.)

SCÈNE IV

LOUISE, puis MAURICE.

LOUISE, seule.

Hélas! toujours cette idée qui la poursuit!... Allons, il faut à tout prix la tirer de cet abattement... Elle change tous les jours; sa santé s'altère! Oh! il n'y a qu'un événement qui pourrait lui rendre la joie et la paix du cœur; oui, mais ce qui la sauverait me tuerait, moi. (Allant à la porte.) On vient... c'est Maurice (Maurice entre avec un gros bouquet dans chaque main.) Comment! deux bouquets?

MAURICE.

Un pour la mère, et un pour vous.

LOUISE.

Mais ce n'est pas ma fête, à moi.

MAURICE.

Pour moi, c'est votre fête tous les jours! Pour moi, c'est toujours une fête de passer quelques heures entre votre mère et vous. Je ne sais comment vous remercier, et j'ai pensé... Est-ce que cela vous déplaît?

LOUISE.

Maurice... merci de votre bonne pensée... mais je ne puis rien accepter de vous; vous comprenez bien pourquoi. Offrez ces deux bouquets à ma mère.

MAURICE.

Je n'ai apporté celui-ci que pour vous, vous le refusez! Eh bien!...

(Il va vers la fenêtre comme pour jeter le bouquet.)

LOUISE.

Maurice!...

MAURICE.

Pauvres fleurs! pourquoi les repousser? que vous ont-elles fait? Elles s'offrent à vous, en vous disant : Vois comme nous sommes fraîches; respire nos parfums, admire nos couleurs; regarde-nous seulement un instant, pour distraire ton ennui, pauvre délaissée, et puis, jette-nous quand nous serons fanées. Nous ne te demandons rien, ne nous refuse pas! (Il arrache une marguerite et la tend à Louise.) Voyez cette marguerite; quel mal peut-il y avoir à prendre cette petite fleur si blanche, avec son cœur d'or? Elle, prenez-la, au moins, si vous avez peur des autres.

LOUISE.

Quel enfantillage! Maurice, je vous en prie.

MAURICE.

Oh! moi aussi, je vous prie, je vous supplie.

LOUISE.

Eh bien! soit, celle-là, mais vous donnerez les autres à ma mère...

MAURICE.

Merci! vous êtes bonne.

LOUISE, se levant.

Non, non, je n'ai pas le temps d'être bonne... Allons, aidez-moi à tout préparer. Apportez la table ici (Elle va au buffet.), et prenez le couvert, là-bas, dans l'armoire.

MAURICE, allant et venant.

Madame Desnoyers est-elle rentrée?

LOUISE.

Oui, un instant avant vous. Je lui ai parlé, elle ne m'a même pas répondu, et elle est rentrée dans sa chambre, sans s'être même aperçue que j'étais là.

MAURICE.

Heureusement, notre dîner d'aujourd'hui la distraira.

LOUISE.

Je le voudrais, mais c'est le deuil de son fils qu'elle porte, et ce deuil-là ne se distrait pas. Allons, voilà le couvert mis, mais comment nous placerons-nous?

MAURICE, désignant deux places rapprochées.

Moi, ici... vous, là...

LOUISE.

Du tout, du tout, moi ici, vous là-bas, et ma mère entre nous deux.

MAURICE.

Hum! c'est bien loin!

LOUISE.

Oh! ces hommes ne sont jamais contents. Les bouquets dans ces vases de chaque côté de la table. Là, tiens, comme c'est gentil! Maintenant, allons prévenir ma mère. (Allant à la porte de la chambre.) Ma mère, ma mère! venez donc dîner!

SCÈNE V

LES MÊMES, MADAME DESNOYERS.

MADAME DESNOYERS.

Me voici, mon enfant. Ah! Maurice, bonjour, mon garçon, comment vas-tu? Des fleurs, trois couverts, qu'est-ce que cela veut dire?

LOUISE.

Cela veut dire que c'est votre fête aujourd'ui, ma mère.

MADAME DESNOYERS.

Jai donc une fête, moi! (A Louise, avec anxiété.) Qui a apporté ces fleurs?

LOUISE.

Maurice...

MAURICE.

Moi, madame Desnoyers.

MADAME DESNOYERS, avec désappointement.

Ah! Maurice, sans doute, puisque c'est quelque chose de bien, c'est toi qui dois l'avoir fait. (Elle s'assied à table entre Louise et Maurice.) Merci! vous êtes de braves cœurs, mes amis, de vous occuper de la vieille mère, qui ne sait plus que pleurer.

LOUISE.

Avez-vous fait bonne promenade, ma mère?

MADAME DESNOYERS.

Oui, il faisait un grand soleil, et les allées du cimetière étaient pleines de petits enfants qui jouaient. Vous ne savez pas, vous autres, l'effet que ça produit, de voir de beaux petits enfants qui jouent. J'ai été jusqu'à la tombe de mon pauvre Desnoyers et j'ai causé longtemps, bien longtemps avec lui.

MAURICE.

Causé!

MADAME DESNOYERS, avec un peu d'égarement.

Oui, causé; il me disait: Femme, pourquoi tardes-tu si longtemps à venir? Tu n'as plus rien à faire sur terre à présent. Viens donc, et dis-moi ce que tu as fait de Jacques... Alors, moi je pleurais, et je n'osais pas lui répondre: Je l'ai maudit!

LOUISE.

Ma mère, calmez-vous.

MADAME DESNOYERS.

Oui, disait-il, il doit être grand, fort à présent, bon ouvrier, il n'a plus besoin de toi. Il est marié, sans doute, il est marié, heureux, n'est-ce pas? Et moi j'étouffais mes sanglots et je faisais comme si je n'entendais rien, car il aurait fallu lui dire: Je l'ai maudit! je l'ai maudit!

LOUISE.

Ma mère, ne pleurez pas! ne voyez-vous pas à vos côtés vos deux enfants qui voudraient vous consoler?

MAURICE.

Oui, madame Desnoyers, est-ce que je ne vous aime pas comme si j'étais votre enfant; Louise aussi? Vous n'êtes pas seule, abandonnée au monde, regardez-nous.

MADAME DESNOYERS.

Louise, Maurice, c'est vrai, je vous vois comme dans un rêve. Vous m'aimez, vous! oh! c'est que vous n'êtes pas mes enfants. Si j'étais votre mère, vous ne m'aimeriez pas. (Montrant une place de la table qui est vide.) Votre place serait vide comme celle-ci, qui est vide, tous les jours vide! C'est ma fête, n'est-ce pas? pourquoi me la souhaitez-vous? pourquoi m'apportez-vous des fleurs? Pas de fleurs, pas de fête, puisqu'il n'est pas là, puisque sa place est vide. Oh! c'est affreux, de se dire: Cette tête, que j'ai souvent couverte de baisers, je ne la verrai plus! celui-là qui est ma chair et mon sang, je l'ai perdu à jamais! je l'ai chassé! je l'ai maudit! (Elle éclate en sanglots.) Mon Dieu! mon bon Dieu! rappelez-moi à vous, ayez pitié de moi, mon Dieu!

MAURICE, à Louise, à voix basse.

Sa raison s'égare, elle ne pourra vivre longtemps ainsi.

MADAME DESNOYERS, plus calme.

Pauvres enfants! vous aviez espéré une heure de joie tranquille, et je l'attriste par mes larmes. Allons, restez tous deux, et ne vous inquiétez plus de moi. (Elle va rentrer dans sa chambre, Louise veut la suivre.) Non, ma fille, reste; pour être calme, il faut que je sois seule, toujours seule. Adieu, Maurice.

(Elle rentre.)

SCÈNE VI

MAURICE, LOUISE.

LOUISE.

C'est affreux! pauvre mère! elle mourra à la peine. Oh! Jacques, Jacques, qu'avez-vous fait?

MAURICE.

Il y a des êtres comme cela, qui sont nés pour le malheur des autres!

LOUISE.

Ah! Maurice, il est peut-être bien malheureux, lui aussi!

MAURICE.

Lui! oh! oui, plaignez-le, Louise! plaignez-le, cet homme, qui laisse sa mère s'éteindre dans le désespoir, quand il devrait se prosterner à genoux, pour obtenir le pardon de cette sainte femme! Plaignez-le, lui qui pour l'amour de je ne sais quelle créature, vous fuit après vous avoir jeté son nom comme une aumône et vous force à vivre dédaignée, misérable! Ah! oui, son sort est digne de pitié!... Sa mère lui pardonne et le désire, sa femme le plaint et le regrette!...

LOUISE.

Maurice...

MAURICE.

Et moi qu'on ne plaint pas, qu'on supporte à peine, n'est-ce pas à lui aussi, que je dois le malheur qui désolera ma vie tout entière?...

LOUISE.

Maurice, oh! mon ami! par grâce! ne parlez pas ainsi.

MAURICE.

Me taire!... c'est impossible... Louise, la puissance de l'homme sur lui-même a des bornes; le patient qu'on torture, quel que soit son courage, après avoir lutté contre d'atroces supplices en se brisant les dents pour ne pas crier, finit, à quelque suprême douleur, par éclater en cris désespérés... Louise, depuis six mois, je souffre et je me tais... c'est assez... la mesure est comble... aujourd'hui, il faut que je parle, ou que je meure...

LOUISE.

Mourir!... vous... non, je ne le veux pas, il faut que vous viviez, Maurice...

MAURICE.

Louise, ma Louise, je vous aime toujours... cent fois plus qu'autrefois; car j'ai dans le cœur, la jalousie qui me glace, me brûle et me dévore. (*Louise baisse la tête et pleure.*) Vous pleurez! et c'est moi qui fais couler ces larmes... Oh! tenez, je suis un fou, un homme sans courage et sans pitié!... Oubliez ce que j'ai dit, ou plutôt je n'ai rien dit; c'était un jeu, je ne parlerai plus jamais de cela... Mais je vous en prie en grâce, Louise, ne pleurez plus! ne pleurez plus!

LOUISE.

Je voudrais vous répondre et je ne puis; j'ai le cœur trop plein... Oh! Maurice, mon ami, si vous vouliez m'entendre, sans vous exalter ainsi, je vous dirais... je vous consolerais...

MAURICE.

Eh bien! dites, oh! dites vite et je vous jure que je n'aurai plus de ces emportements.

LOUISE.

Maurice, écoutez-moi... Depuis le jour où, grâce à votre sacrifice, je suis devenue la femme de Jacques, il m'a semblé qu'un voile tombait de mes yeux. L'abandon cruel de mon mari, et votre abnégation persévérante dans un amour sans espoir, tout cela a frappé et bouleversé mon cœur... Oh! que de fois, depuis ce jour fatal, ai-je dans le silence de la nuit, quand personne ne me pouvait voir, déploré mon erreur passée. Vous si noble, si loyal, si sincèrement épris, vous avoir repoussé et pour qui?... Oh! Maurice, c'est là mon vrai malheur, celui qui me présage bien des années de deuil et de regrets, et non l'abandon d'un homme que je méprise et dont le nom me répugnerait à porter, s'il n'était celui de sa mère.

MAURICE.

Mais cet homme, vous lui devez votre amour!...

LOUISE.

Non, je lui dois seulement de porter, sans le flétrir par une action mauvaise, ce nom qu'il souille, lui, chaque jour. Ce devoir, je saurai le remplir, et vous m'y aiderez, vous, Maurice, vous ne voudrez pas d'un bonheur qui serait coupable et honteux!

MAURICE.

Vous ne songez pas que chaque jour, à toute heure, dans un instant peut-être, il peut entrer ici et dire : je suis le maître; voilà la pensée qui me déchire.

LOUISE.

Vous ne me connaissez pas bien encore, Maurice... Devant Dieu qui voit au fond des âmes, je vous jure que si je ne puis être à vous, je ne serai jamais à un autre homme.

MAURICE.

Et moi, Louise, je jure de vous adorer toujours purement et saintement. Vous m'aimez, n'est-ce pas?

LOUISE, *gravement.*

Oui, Maurice, je vous aime!

MAURICE.

Eh bien! tout mon bonheur sera dans ces trois mots. (*Il s'agenouille devant elle et lui baise la main; à ce moment, plusieurs coups violemment heurtés retentissent à la porte extérieure. Se relevant.*) On frappe?...

LOUISE.

Quelque voisin pour la fête de ma mère? renvoyez-les; dites que madame Desnoyers est malade et que je la veille, puis vous partirez... Adieu!

MAURICE.

Je ne vous reverrai pas?...

LOUISE.

Demain... il le faut... Adieu! ami!

(*Arrivée sur le seuil de sa chambre, elle lui envoie un baiser, puis rentre très-vite.*)

SCÈNE VII

MAURICE, *puis* PINÇON.

LA VOIX DE PINÇON, *au dehors, avec accompagnement de coups frappés à la porte.*

Dites donc, là dedans, avez-vous fini de me faire poser, eh! madame Desnoyers! Pinçon, c'est moi, Pinçon!

MAURICE.

Le patron! que diable vient-il faire dans cette maison? ouvrons vite, il enfoncerait la porte.

(*Il va ouvrir à Pinçon.*)

PINÇON, *entrant.*

Tiens, c'est toi, mon garçon; qu'est-ce que tu fais ici?

MAURICE.

Eh bien! et vous, patron?

PINÇON.

Moi, tu vas voir, tu vas voir. La maman est chez elle?

MAURICE.

Oui.

PINÇON.

Tant mieux, tant mieux. Comment va-t-elle?

MAURICE.

Elle est très-souffrante.

PINÇON.

De quoi?

MAURICE.

Dame! vous savez, le chagrin, l'abandon de Jacques, ça la tue cette femme!

PINÇON.

Tant mieux, tant mieux.

MAURICE.

Tant mieux, tant mieux; est-ce qu'il devient fou, le patron?

PINÇON.

Et la femme à Jacques? elle est triste et souffrante, pas vrai?

MAURICE.

La pauvre enfant n'a pas grand sujet de gaieté.

PINÇON, *se frottant les mains.*

Tant mieux, tant mieux.

MAURICE, *à part.*

Décidément, il l'est. (*Haut.*) Enfin, qu'est-ce qu'il y a pour votre service?

PINÇON, *qui se promène en se frottant les mains*

Va me chercher la maman tout de suite; il faut que je lui parle!

MAURICE, *allant à la porte de gauche.*

(*A part.*) Lui parler! pourquoi? Ah! c'est pour lui souhaiter sa fête. (*Entr'ouvrant la porte.*) Madame Desnoyers, il y a là monsieur Pinçon qui veut absolument vous voir.

(*Madame Desnoyers paraît sur le seuil de sa porte.*)

SCÈNE VIII.

LES MÊMES, MADAME DESNOYERS.

MADAME DESNOYERS.

Monsieur Pinçon, vous voulez me parler?...

PINÇON.

Arrivez donc, la mère, je veux... je veux vous souhaiter votre fête, mon almanach dit que c'est aujourd'hui.

MAURICE.

C'est bien ce que je pensais.

MADAME DESNOYERS.

Vraiment, vous êtes bien honnête, monsieur Pinçon.

PINÇON.

Attendez que je vous embrasse, nà; voilà! (Il retire son chapeau et l'embrasse sur les deux joues.) Ma bonne madame Desnoyers, je vous la souhaite bonne et heureuse.

MADAME DESNOYERS.

Heureuse!

PINÇON.

Oui, heureuse! et afin que vous le soyez, qu'est-ce que vous voulez que je vous donne pour votre fête?

MADAME DESNOYERS, avidement.

Des nouvelles de Jacques.

PINÇON.

Pardine! j'en étais sûr! il va très-bien, le gueux, le pendard, il se porte comme un charme, là, êtes-vous contente?

MADAME DESNOYERS.

Ah! merci!

PINÇON.

Pour que vous le soyez encore davantage, je vous ai apporté un petit cadeau, mais là quelque chose de soigné!

MADAME DESNOYERS.

Un cadeau, monsieur Pinçon? vous voulez rire.

PINÇON.

Je ne ris jamais; je vous ai apporté un bouquet pour mettre à côté de ceux-là.

MADAME DESNOYERS.

Un bouquet. (Cherchant.) Je ne le vois pas.

PINÇON.

Tout à l'heure! tout à l'heure! je l'ai laissé à la porte, vu qu'il était trop lourd pour que je le mette à ma boutonnière.

MADAME DESNOYERS.

Mon Dieu! je ne vous comprends pas, et cependant il me semble... Oh! ne me trompez pas, vite! vite!

PINÇON.

C'est un bouquet comme on n'en voit pas, comme on n'en a jamais vu! un bouquet sans fleurs et sans feuilles; il a deux pattes, mon bouquet; il a la tête basse, et il revient tout repentant vers sa mère, qui ne demande qu'à lui ouvrir ses bras, comprenez-vous? (Criant.) Montre-toi donc, imbécile, voilà le moment.

(La porte du fond s'ouvre; on voit Jacques qui regarde timidement sa mère.)

SCÈNE IX

LES MÊMES, JACQUES.

MAURICE.

Jacques! grand Dieu!

MADAME DESNOYERS.

Ah! lui!... ah!... mon... mon... fils.

(Elle s'évanouit, Pinçon la reçoit dans ses bras, Jacques accourt et se jette à ses genoux qu'il embrasse.)

PINÇON.

Allons, bon! elle se trouve mal! sapristi!... Tapez-lui dans les mains, fourrez-lui une plume sous le nez! Voyons, la mère, un peu de raison! Que le diable emporte les femmes, il faut toujours que ça se trouve mal. (Il l'assied sur une chaise.)

JACQUES.

Ma mère! ma bonne mère!

MADAME DESNOYERS se ranime peu à peu, se relève, saisit la tête de Jacques et la couvre de baisers.)

Jacques... mon enfant!... toi... est-ce bien toi?... Pardonne-moi, j'ai bien pleuré... Ah! quel bonheur!... mon Dieu, quel bonheur! c'est lui, il est revenu! Tu ne t'en iras plus. (Elle le serre dans ses bras.) Je ne veux plus que tu t'en ailles.

PINÇON.

Ce n'est pas ça, ce n'est pas ça du tout, lavez-lui la tête... C'est un garnement, un noceur, un coquin! (S'attendrissant.) Qu'il aille au diable s'il veut, qu'est-ce que ça nous fait?

(Il pleure.)

JACQUES.

Ma mère, je viens vous demander le pardon de mes fautes et la permission de vivre avec vous comme par le passé.

MAURICE.

Hélas! tout est fini pour moi.

MADAME DESNOYERS.

Oui, va, je te pardonne et je te garde. Oh! mais Louise qui n'est pas là, va-t-elle être heureuse? Attends, attends... cache-toi derrière Maurice, qu'elle ne te voie pas tout de suite, ça lui ferait peut-être mal; la joie étouffe; va, moi, j'ai failli en mourir.

(Elle va à la chambre de droite et y entre un instant.)

JACQUES, à Maurice, lui tendant la main.

Maurice, mon ami, mon frère, je te retrouve aussi, toi, et tu me pardonnes?

MAURICE, froidement.

Je n'ai rien à te pardonner... tu ne m'as jamais fait de mal.

JACQUES, l'examinant.

Comme il dit cela!... Allons, j'ai perdu un ami.

SCÈNE X

LES MÊMES, LOUISE.

LOUISE.

Pourquoi m'amener ici, ma mère?... Maurice encore là!... monsieur Pinçon!... Que se passe-t-il?

MADAME DESNOYERS.

Louise, tu ne vois donc pas que je ne pleure plus, que je ris, que je suis heureuse!

LOUISE.

Mon Dieu!... je tremble.

MADAME DESNOYERS.

Quelqu'un est revenu, que nous n'attendions plus.

LOUISE.

Revenu!... qui?

JACQUES, se montrant.

Moi, Louise!

LOUISE.

Ah!

(Elle recule.)

PINÇON.

Là! voyez-vous?... la joie... Est-ce qu'elle va se pâmer aussi?

JACQUES.

Moi! ton mari... qui viens, repentant, te supplier d'oublier le mal que je t'ai fait, et de m'aimer comme dans le passé.

MAURICE, haletant.

Elle hésite!

LOUISE, avec énergie.

Jamais!

PINÇON.

Jamais!... comment ça, jamais! c'est pas français!

MADAME DESNOYERS, étonnée.

Jamais!

JACQUES.

Jamais!... Mon Dieu, je ne te demande pas de me pardonner comme cela, aujourd'hui, tout de suite; mais laisse-moi espérer que tu oublieras avec le temps... Louise, je te le jure, à force de repentir et d'affection, je...

LOUISE.

Non, il est trop tard!

JACQUES.

Trop tard!

PINÇON.

Ah çà! mais elle est toquée, cette petite!... Voyons, ma fille, le plaisir de revoir ce garnement te trouble le cerveau; reviens à toi, que diable!

LOUISE.

Vous vous trompez, monsieur Pinçon; j'ai toute ma raison.

JACQUES.

Ah! vous voyez, ma mère, tout le monde n'est pas miséricordieux comme vous!

MADAME DESNOYERS.

Louise, mon enfant, pour moi, je t'en supplie!

LOUISE.

C'est impossible, ma mère! Vous avez retrouvé un fils, moi je ne retrouverai jamais l'homme que j'ai aimé.

PINÇON.

Bon Dieu du bon Dieu! qu'est-ce que ça veut dire, tout ça?... je demande le fil!

JACQUES, allant à Pinçon.

Vous ne comprenez rien à ce qui se passe ici, n'est-ce pas, patron? Eh bien! tournez-vous de ce côté-là et adressez-vous à cet homme; il vous expliquera peut-être tout, lui!

(Il montre du doigt Maurice, qui ne bouge pas.)

PINÇON.

Qui ça, Maurice?

JACQUES.

Lui-même!

LOUISE.

Oh! ma mère, vous l'entendez!

JACQUES.

Ah! vous m'avez fait venir une mauvaise pensée au cerveau, Louise!

MADAME DESNOYERS.

Jacques!

PINÇON.

Sapristi! mêlez-vous donc des affaires des autres! Le plus souvent qu'on m'y repincera!

MAURICE, allant droit à Pinçon.

Monsieur Pinçon, vous chercherez demain un autre contremaître.

PINÇON.

Hein! quoi! demain, pas du tout! je ne veux pas de ça!... Ma parole d'honneur, c'est une maison de fous! J'ai besoin de toi et je te garde! Eh ben, et ma scierie, comment qu'elle ira?... Sapristi de sapristi!... Enfin, pourquoi veux-tu me quitter?

MAURICE.

On se bat en Crimée, à mille lieues d'ici; demain je m'engage et je pars. Quand je me serai fait tuer là-bas, peut-être monsieur Jacques Desnoyers n'aura-t-il plus de mauvaises pensées sur sa femme.

ACTE IV

Sixième Tableau.

L'ATELIER.

L'intérieur d'une scierie mécanique en activité. A droite est un petit bureau grillé; c'est le cabinet et la caisse de M. Pinçon. Scies circulaires, établis. Au lever du rideau, les Ouvriers vont et viennent, apportent des planches. On entend fredonner les Ouvriers.

SCÈNE PREMIÈRE

GRINGALET, FRICOT, MAURICE et PINÇON dans le cabinet grillé occupés à faire des comptes. OUVRIERS.

PINÇON, à Maurice dans son cabinet.

Les entends-tu?

MAURICE, souriant.

Il faudrait être sourd, patron, pour ne pas les entendre.

PINÇON.

C'te bêtise! je t'ai dit: *les entends-tu?* Comme je t'aurais dit: tu les entends... Là, vrai, ça me fait plaisir à moi, ça me réjouit ces chants du travailleur.

MAURICE.

Oui, mais ça gêne pour calculer.

PINÇON.

Ah! si jamais on t'empêche de bûcher, toi!... Pas moyen de rire un brin avec ce garçon! sapristi! Et dire que tu vas me quitter demain! C'est pas vrai, n'est-ce pas? c'est une farce... Tiens, voyons, dis-moi que tu veux de l'augmentation et je te donnerai ce que tu voudras.

MAURICE, avec reproche.

Ah! monsieur Pinçon.

PINÇON.

Ce n'est pas ça que je veux dire... Mais aussi à qui la faute?... à toi, si je bêtifie depuis cette soirée où j'ai ramené la brebis égarée au bercail; par moments je m'en veux de l'avoir fait... Perdre mon meilleur ouvrier, un homme que j'aimais comme mon fils... Ah! tiens, c'est mal et je t'en veux.

MAURICE, ému.

Patron! vous avez tort... et vous m'empêchez de faire mes additions... je me tromperai dans ma dernière paye.

PINÇON.

Au fait, c'est aujourd'hui la quinzaine, et voilà que cinq heures vont sonner... Es-tu prêt?

MAURICE.

Dans deux minutes.

PINÇON.

A ton aise... je te laisse seul. (Il sort de la cahutte.) Voyons un peu où ils en sont, ces mâtins-là!... Bon! en voilà un qui dort!

GRINGALET, à Fricot qui sommeille.

Hé là-bas! réveille-toi donc, v'la le nez du patron...

FRICOT, se secouant et s'agitant de travers.

Hein! qu'est-ce qu'y a?

(Il fait semblant de travailler.)

PINÇON.

Ah! filou!... c'est comme ça que tu gagnes ta paye!... Ah! monsieur ronfle debout! apportez donc un oreiller à monsieur!... Vous faut-il un édredon aussi?...

FRICOT.

Un aigledon, patron? je n'en use jamais, je vas vous expliquer...

PINÇON, criant.

Tu vas m'expliquer, quoi?... Voyons, parle.

FRICOT.

Il y avait si longtemps que...

PINÇON, l'interrompant.

Eh ben, me répondras-tu?

FRICOT.

Je n'ai pas mangé depuis ce matin, alors...

PINÇON, même jeu et criant plus fort.

Sac à viande! marmotte! toupie! ah! tu fais semblant de scier mon bois, est-ce que je fais semblant de te donner des pièces de cent sous, moi?...

FRICOT.

Dame, je me suis assoupi, j'avais l'estomac dans les talons! et puis quand les autres chantent...

PINÇON.

En voilà encore une bonne!... Alors, quand on a l'estomac dans les talons, on ronfle! Tiens, si tu n'étais pas une brute, je ne sais quels noms je te donnerais.

FRICOT, travaillant avec vigueur.

Ne vous gênez pas, patron, pour peu que ça vous amuse.

PINÇON.

Pas si fort! il va me casser mes courroies! Cheval! (A Gringalet.) Eh ben, et toi? tu ne veux pas m'écouter, décidément!

GRINGALET.

Bon... à mon tour... Qu'est-ce qu'il y a, patron?

PINÇON, ramassant des déchets.

Il y a, ruine-maison, que voilà des déchets qui traînent de tous les côtés!... Ah çà! mais vous vous figurez donc les uns et les autres, que je vole l'argent que je vous donne! Il n'y a donc pas moyen de scier du bois, sans en perdre tant que ça?... Mais, sapristi, tas de propres à rien, v'là comment il faut s'y prendre : Vous mettez la poutre sur l'établi, vous poussez, vous l'équarrissez, là, là! tout doucettement, les déchets tombent à gauche dans leur panier et rien n'est perdu!... Là! ouf!... (Il a mis la main à l'ouvrage et a exécuté tout ce qu'il a dit.) Au lieu de ça, vous poussez comme des Auvergnats qui dansent la bourrée, le bois se regimbe et tout va de travers... Vrai!... c'en est à dégoûter du métier!

GRINGALET.

Pardon, patron; mais vous exagérez le mal... pour un malheureux bout d'éclaboussure...

PINÇON.

Un bout! Il n'y a pas de bout!... sapristi!... Un aujourd'hui et un hier, ça fait deux, deux et deux font quatre, et...

GRINGALET.

Et quatre huit...

PINÇON.

Oui! momillard que tu es! Si ta mère ne t'avait pas donné

le fouet aussi souvent, tu ne compterais pas si bien aujourd'hui!... (Cinq heures sonnent.) Là! tu es content, tu vas quitter ton tablier... Allons, laissez là vos outils et passez à la caisse... la journée est finie.

(Les ouvriers rangent leurs établis et passent à la caisse où Maurice leur donne leur paye. Pinçon rentre dans le cabinet.)

MAURICE.

Oudot!

UN OUVRIER.

Présent!

(Maurice fait l'appel, les ouvriers répondent et se présentent à tour de rôle et reçoivent leur argent.)

MAURICE.

Bernard, Villot, Gorel, Fricot.

FRICOT.

Voilà!

(Il touche.)

PINÇON.

Tu n'as pas honte de prendre c't'argent-là! Il devrait te brûler les mains. La prochaine fois, je te flanque à l'amende.

FRICOT.

Merci, patron... je vais donc manger!...

MAURICE.

Gringalet.

GRINGALET, sur l'air de Framboisy.

Je suis lui-même!...

PINÇON.

Retiens-lui un sou pour mon déchet perdu.

GRINGALET, criant.

Comment ça?...

PINÇON, raillant.

Bah!... tu cries pour un malheureux sou, mon fiston?

GRINGALET.

Il n'y a pas de sou... un et un font deux!

PINÇON.

Ah! tu vois bien, farceur, qu'il y a des bouts et des sous...

MAURICE.

Jean Duval...

GRINGALET.

Malade!... blessé!...

PINÇON.

Qu'est-ce qu'il a donc?

GRINGALET.

Ce matin, le pauvre garçon a un peu trop avancé le pouce et il s'est fait mordre.

PINÇON.

Sapristi!... Le médecin l'a-t-il vu, au moins?

MAURICE.

Oui... patron... Cela m'était sorti de la tête... mais nous allons bientôt avoir de ses nouvelles, Martin est allé en chercher.

PINÇON.

A la bonne heure? Est-ce qu'il ne va pas se dépêcher?

GRINGALET.

Le voici, patron.

SCÈNE II

LES MÊMES, JACQUES, MARTIN.

PINÇON, qui est sorti de la cahutte.

Eh bien! comment se porte le blessé?

MARTIN.

Mal... On va peut-être l'amputer.

PINÇON.

Pas possible! Ah! quel malheur!

MARTIN.

Un malheur d'autant plus grand que le pauvre garçon a femme et enfants, et que son état est perdu.

PINÇON.

Sapristi! ça n'est pas gai!... mais qu'y faire?

MAURICE, sortant du cabinet.

Le secourir, patron... Mes enfants, une casquette.

PINÇON.

Ah! j'y suis; bonne idée, mon brave Maurice.

GRINGALET.

Allons, les camaraux, du cœur à la poche! ça se trouve bien, c'est aujourd'hui la Sainte-Touche.

(Il s'avance et met son offrande dans la casquette que tient Maurice. Tous l'imitent. Jacques seul reste seul et écarté.)

MAURICE, venant à Jacques.

Et toi?

JACQUES, se fouillant.

Moi!... je n'ai pas de monnaie.

GRINGALET.

Tiens! c'te réponse. Quand on n'a pas de monnaie, on donne une grosse pièce. Ça sera accepté.

MAURICE.

J'attends...

JACQUES, violemment.

Puisque je te dis que je n'ai pas d'argent sur moi.

PINÇON.

Il n'a donc pas reçu sa paye?...

MAURICE.

Si fait mais; ce matin je la lui ai avancée.

PINÇON.

Ah! je n'aime pas ça!... Enfin! voilà cent sous pour lui. (A Jacques.) Je te retiendrai ça, mon bonhomme; et voilà cent francs pour moi.

TOUS.

Vive le patron!

PINÇON.

Allons! ça suffit!... Maurice, tu as eu l'idée de la chose, tu en auras la récompense. Porte toi-même cet argent à Jean Duval, et dis-lui que... ma foi... sapristi! dis-lui que quand il n'y en aura plus, il y en aura encore... Va! va!... Vous pouvez partir, mes enfants.

MAURICE.

Monsieur Pinçon, merci de la commission.

(Maurice sort. Les ouvriers se retirent avec lui.)

PINÇON.

Jacques, reste... j'ai à te parler.

SCÈNE III

PINÇON, JACQUES.

PINÇON.

Nous sommes seuls... Viens que je te lave la tête, mon gaillard.

JACQUES, à part.

Des reproches... encore... toujours!...

PINÇON.

Oh! je sais bien!... Ça ne te procurera pas d'agrément, mais il faut y passer... Voyons, là, le cœur sur la main, te conduis-tu comme un bon et loyal garçon, ainsi que tu me l'avais promis?

JACQUES.

Patron, depuis le moment où j'ai remis le pied dans la maison de ma mère, je n'ai rien sur la conscience...

PINÇON.

Alors, comment n'as-tu rien dans les poches?... Tu as touché ce matin soixante quinze francs écus, et tu n'as pas un liard sur toi ce soir... As-tu remis cet argent-là à la maman Desnoyers?

JACQUES.

Non.

PINÇON.

A qui donc?

JACQUES.

J'ai des engagements à remplir, des règlements à payer... D'ici à longtemps, à très-longtemps, je ne pourrai rien donner à la maison... D'ailleurs, on s'en passe, on ne me demande rien; on gagne de quoi faire aller le ménage.

PINÇON.

Alors, tu vis aux crochets de ces deux pauvres femmes... Crois-tu que ce soit beau, ça? ah mais non!

JACQUES.

Trouvez-vous que je ne sois pas un bon ouvrier?...

PINÇON.

Si!

JACQUES.

Ma besogne n'est-elle pas achevée tous les jours, et soigneusement?

PINÇON.

Oui.

JACQUES.

Ne suis-je pas le premier arrivé à l'atelier et le dernier parti?...

PINÇON.

C'est vrai.

JACQUES.

Eh bien, alors, que me demandez-vous de plus?

PINÇON.

Dame!... au fait, je ne sais pas... Eh! sapristi! je te demande de vivre comme tout le monde, de ne pas te tenir à ton établi pâle et sombre comme un conspirateur, avec l'air en dessous et le regard distrait d'un homme qui a de mauvais desseins.

JACQUES, amèrement.

De mauvais desseins! moi!... Mais en ai-je jamais eu? non. Et Dieu sait si on ne m'a pas poussé, excité à en avoir!

PINÇON.

On!... qui ça, on?... Vois-tu, tu n'oses jamais accuser en face,.. Est-ce de ta mère que tu veux parler?

JACQUES.

Ma mère?... oh non! une sainte!... Elle!...

PINÇON.

Est-ce de Maurice, l'honneur en personne, que tes stupides soupçons me font perdre?

JACQUES.

Non.

PINÇON.

Est-ce de ta femme?... Écoute donc, tu lui as fait voir le tour un peu trop raide! Que diantre! il est permis d'être un peu... mais tant que ça, non... Elle n'a pas encore oublié, cette femme... et à sa place...

JACQUES.

A sa place... est-ce que je sais ce que j'aurais fait?... Et puis, que m'importe?... Il y a une chose certaine, c'est que l'existence que je mène n'est pas tenable!... Voir sans cesse devant soi des yeux qui se détournent et des lèvres de glace! Être accueilli comme un étranger à son foyer! Non, rien n'est comparable à un supplice pareil!...

PINÇON.

Tu as tiré le vin, faut le boire... Ne te plains pas.

JACQUES.

Est-ce que je me plains? Est-ce que je suis venu vous chercher, patron?... Si vous ne m'aviez pas parlé de tout cela, je ne vous en ennuierais pas dans ce moment... Enfin, suffit... n'en parlons plus. Un jour ou l'autre, tout cela finira. Comme dit Fricot le philosophe, on est créé et mis au monde pour porter jusqu'à la fin le collier de misère!

PINÇON.

Qu'est-ce qu'il chante encore? quel collier?

JACQUES.

Oh! si le suicide n'était pas un crime!...

PINÇON.

Il est fou. Voyons! tu vas me raconter maintenant que l'ouvrier est malheureux de travailler... Ah ça! mais qu'est-ce qu'il ferait donc s'il ne gagnait pas sa vie?... Il mangerait les rentes de son voisin. En voilà une solide, par exemple! Mais l'ouvrier est le plus heureux de tous les hommes quand il a de l'ouvrage. Quelle est sa fatigue? La scie, la lime ou le marteau!... Eh! sapristi! au moins, à la fin de sa journée, il secoue la poussière de l'atelier, s'habille un brin et achève sa soirée sans souci du lendemain. L'ouvrier est plus heureux que son patron, oui, car il dort tranquille, tandis que les trois quarts du temps le patron veille et calcule comment il s'y prendra pour faire face à ses engagements. Pas de repos, pas de trêve pour lui... Si l'ouvrier est malheureux, on lui vient en aide. Que le patron le soit, on lui tombe sur le dos. Que tu manques à ton devoir, tu en seras quitte pour une rebuffade; si je manque à la paye de quinzaine, toi et les autres vous m'appellerez canaille, filou, exploiteur... Vrai, là, j'ai été ouvrier avant d'être patron, eh bien, il y a vingt ans, j'avais un meilleur sommeil qu'aujourd'hui!...

JACQUES.

Ah! vous n'avez jamais été dans le pétrin où je me trouve, vous n'avez jamais eu de dettes, vous...

PINÇON.

Je n'ai jamais rien dû, même à ma blanchisseuse. Est-ce que tu dois quelque chose, toi?...

JACQUES.

Oui, je dois mille francs, et je suis poursuivi...

PINÇON.

Mille francs! sapristi! va te jeter à l'eau tout de suite! Qu'un ouvrier soit flâneur, passe; qu'il perde du temps à courir la fillette, c'est demi-mal; qu'il soit ivrogne et licheur, on peut encore le tirer de là! mais l'ouvrier qui, volontairement fait des dettes, est un homme perdu, c'est les trois quarts d'un voleur!

JACQUES.

Monsieur Pinçon, je ne vous dois rien et je ne vous demande rien.

PINÇON.

Tu ne me demandes rien; je le crois fichtre bien, et tu me demanderais quelque chose que ça serait tout de même. Crois-tu pas que je vais te jeter mille francs à la tête, au prix où est le beurre! Allons, je t'ai dégoisé mon affaire : tu peux filer, mon fieux!

JACQUES.

Si vous le permettez, patron, je resterai à l'atelier pour attendre ma mère et ma femme qui doivent venir me prendre en passant. J'affûterai ma scie qui a des brèches.

PINÇON.

A ton aise! surtout ferme bien la porte en sortant et remets la clef au portier. Moi, je remonte chez moi... (S'en allant.) Je lui ai dit tout ça pour lui faire peur, mais s'il se conduit bien, je l'aiderai à se tirer d'affaire.

(Il sort.)

SCÈNE IV

JACQUES, seul.

(Il reste un moment immobile, puis se secoue, va à son établi et affûte une scie.)

Allons!... (Après avoir travaillé quelques instants il rejette l'outil.) Décidément, j'en ai assez; je ne suis pas bâti pour ce métier-là. J'ai beau faire, je sens toujours en moi cet instinct de plaisirs, ce besoin d'âcres voluptés qui me remue le sang. Je suis morne et triste, disent-ils; pardieu, ai-je donc tant sujet d'être gai? Jeanne! ma pauvre Jeanne, morte, tuée pour moi!... Comme elle m'aimait celle-là!... Ah! n'y pensons plus... les larmes ne rendent pas la vie à ceux qu'on pleure!... Et puis, si l'on me voyait, on me les reprocherait. Essayons de travailler encore. (Même jeu.) Ah! j'étouffe, ici! je n'y resterai pas... Non. Il me faut chercher un autre moyen de payer mes dettes et d'avoir de l'argent... et j'en aurai à quelque prix que ce soit! Ah! ce que je dis là est infâme! Oh! mais aussi, je souffre trop. Maudits billets!... Je n'aurai pas un sou du patron... que faire? mon Dieu! que faire?... (Il se promène avec agitation.) Oh! l'argent! l'argent! Où en trouver? comment en avoir?... (Regardant le cabinet où est la caisse.) Là! dans cette caisse, il y a de quoi faire vingt fois le bonheur de ma vie! (Il fait un pas et s'arrête.) Folie! quelles idées me viennent... Ah! ma mère tarde trop à venir... (Il entre et voit la caisse ouverte.) La caisse ouverte!... Qui a ouvert cette caisse? ce n'est pas moi. (Il s'élance, va à droite et à gauche, et regarde si on ne l'épie pas.) Personne! je suis seul!... Mes dettes payées, ma mère dans l'abondance; plus de travail, une vie de joies et de plaisirs; n'avoir qu'à étendre la main pour posséder tout cela et ne pas oser!... Lâche! lâche que je suis!... Eh bien, non! plus de dettes, plus de misère, j'en ai assez... Cette fortune, je l'aurai... (Il s'élance vers la caisse et recule.) Mais c'est un vol... je ne peux pas... je ne peux pas!!!... (Il referme la caisse.)

SCÈNE V

JACQUES, MAURICE.

(Pendant que Jacques fouille dans la caisse, Maurice entre par le fond.)

MAURICE.

L'histoire de Jean Duval m'a troublé... je suis parti sans

fermer la caisse... tiens... du bruit!... (Il prend un marteau.) Un malfaiteur peut-être...

JACQUES.

Mes jambes vacillent... Ah! prendre n'est pas si facile... Non... non... je ne volerai pas, je ne volerai pas...

(Il sort de la caisse.)

MAURICE s'avance un marteau à la main.

Jacques!... Jacques!...

JACQUES.

Maurice!... (Il le prend par la main et l'amène vers une lumière.) Regarde bien mon visage.

MAURICE.

Tu es pâle et bouleversé.

JACQUES.

Ce n'est pas cela, regarde bien... est-ce que sur mon front tu ne vois pas écrit en lettres de feu le mot terrible de...

MAURICE, le menaçant.

Qu'as-tu fait, misérable?

JACQUES.

Rien... rien encore, j'ai résisté aujourd'hui, mais demain la tentation reviendra, et qui sait... Oh! Maurice, je ne veux pas devenir voleur!... Toi qui es fort, toi qui es bon, parle-moi, soutiens-moi, sauve-moi.

MAURICE.

Les paroles sont bonnes pour les lâches. Si tu es brave, il faut agir. Écoute-moi bien. Tu ne mérites que le mépris et l'abandon; mais il y a deux femmes que tu as outragées et désolées, et pour lesquelles je donnerais les dernières gouttes de mon sang.

JACQUES.

Ne me parle pas de ma femme.

MAURICE.

Je t'en parlerai, bien que tu ne sois pas digne de comprendre l'affection sainte et pure qui nous lie. Mais je ne veux pas, entends-tu, je ne veux pas que leur nom soit déshonoré par toi... je ne veux pas qu'un jour on dise en les voyant : Voilà la mère et la femme de Jacques le forçat!...

JACQUES, terrifié.

Oh! c'est vrai!... c'est vrai!...

MAURICE.

Et comme je ne veux pas que ce malheur arrive, tu vas m'obéir en tout. Tu vas quitter famille, patrie, amis. Tu étais paresseux, tu vas travailler sans relâche; tu étais sensuel, tu vivras de privations; tu étais farouche et redoutable, tu obéiras comme un enfant. Si tu suis cette voie où je marcherai avec toi, je te promets l'honneur et la réhabilitation, tu seras l'orgueil de ta mère et de Louise aussi, peut-être; sinon, tu me connais, Jacques, je te le jure sur ta mère, plutôt que de te voir les déshonorer par le vol, je te tuerai!

JACQUES.

Parle... j'obéirai...

(On entend la voix de Pinçon.)

LA VOIX DE PINÇON.

Par ici, la mère! tout droit devant vous.

JACQUES.

Ma mère!... malheur!... ma mère!... (Il saisit sa lime d'affûtage.) Jamais je n'oserai la regarder en face... Maurice, par pitié, pas un mot, ou je me plante ce fer dans la gorge.

MAURICE, allant fermer la porte de la caisse.

Silence...

SCÈNE VI

LES MÊMES, DESNOYERS, LOUISE, PINÇON.

MADAME DESNOYERS.

Pardon, mon Jacques, si nous arrivons en retard; mais nous avons été retenues sans nous en douter... tu nous as attendus... Merci, mon enfant...

JACQUES.

Oui, ma mère, venez... partons...

MAURICE.

Non, restez, au contraire... Jacques a beau faire, il faudra bien vous apprendre la chose avant demain matin.

PINÇON.

Eh ben! qu'est-ce qu'il y a encore?...

LOUISE, bas.

Ma mère, il se passe ici quelque chose d'extraordinaire... Voyez Maurice!

MADAME DESNOYERS.

En effet, Maurice est tout bouleversé... Mon fils est pâle... Qu'y a-t-il?...

JACQUES.

Il y a... Il y a que...

MAURICE.

Madame Desnoyers, il y a que Jacques part avec moi pour l'armée d'Orient.

MADAME DESNOYERS.

Lui!... partir!.. je ne veux pas. (Elle tombe dans les bras de Louise.)

JACQUES, à sa mère.

Il le faut, ma mère... (A Maurice.) Merci!... merci!...

PINÇON.

Sapristi!... Et ma scierie!...

ACTE V

Septième Tableau.

EN CRIMÉE

Le ravin du carénage. Poste avancé. Rochers et monticules au fond. Une tente d'officier à l'extrême droite; la tente est fermée. A gauche, fusils en faisceaux. Une marmite suspendue à des bâtons croisés formant foyer. Tambours sur lesquels des Soldats jouent aux cartes.

SCÈNE PREMIÈRE

SOLDATS de toutes armes, parmi lesquels dominent LES ZOUAVES ET LES CHASSEURS, JACQUES, LE SERGENT BRINDOR, LE ZOUAVE JEANNIN, UN TURCO, puis MAURICE.

(Au lever du rideau, Jeannin et le Chasseur jouent aux cartes sur un tambour. Le Sergent Brindor les regarde avec plusieurs autres Soldats. Plus loin, quelques hommes font la soupe. Une sentinelle monte la garde à la porte de la tente. Jacques est assis sur une pierre; il rêve. Des Soldats passent au fond portant des gabions, des sacs de terre, des pioches, des pelles, des fascines. Mouvement continuel.)

LE SERGENT BRINDOR.

Cré nom de nom! mais fusilier Jeannin, vous jouez comme un Jeannot!...

JEANNIN.

Pardon, sergent, mais n'ayant que des basses cartes, je perds la vole, c'est naturel..

LE CHASSEUR.

C'est même très-naturel.

LE SERGENT.

Tu trouves ça, troupier de mon cœur, parce que tu gagnes; mais moi qui me suis t'inconsidérément mis à parier, je m'en mords le pouce et l'index, nom de nom!...

JEANNIN.

Bah! nous ne jouons rien.

LE SERGENT.

Et l'honneur! ce n'est donc rien l'honneur!... allons, ma revanche! seulement, nom de nom!... si tu me fais perdre, à notre retour en France, je te flanque dedans pour huit jours.

JEANNIN.

C'est bon, sergent : le roi et le point, chasseur mon ami.

(Ils continuent à jouer.)

JACQUES, à part.

Ma mère!... Louise!... oh! que ces noms sont doux à prononcer! Jamais je n'ai eu tant envie de les revoir. Songent-elles à moi, seulement?... Ma mère... oh! oui... mais elle, Louise?... elle doit chercher à m'oublier et c'est justice. Ah! je lui ai promis que je ne reviendrais pas, je tiendrai ma promesse.

(Pendant ce monologue, on a remplacé la sentinelle qui était de garde auprès de la tente de l'officier. C'est Maurice qui monte la faction.)

MAURICE, allant à Jacques et lui frappant sur l'épaule.

Toujours triste et rêveur, quand tu crois ne pas être observé! mon Jacques.

JACQUES.

Maurice! tu arrives donc?

MAURICE.

A l'instant. Allons, profite des deux heures d'armistice que nous avons. Fais comme les autres.

JACQUES.

Ils s'amusent, tant mieux! qui sait si demain, si ce soir, bon nombre de ces rieurs ne riront pas dans un autre monde? (Il se lève.) Est-ce qu'elle te va cette vie de Crimée, hein?, moi, il y a des moments où je la donnerais pour un verre de vin... et tu sais si j'aime le vin maintenant?

MAURICE.

Tu as tort de parler ainsi. Tu te calomnies. Quand on remplit son devoir comme tu le fais, depuis cinq mois que nous sommes devant Sébastopol, on n'a le droit ni de s'ennuyer ni de se plaindre.

JACQUES, montrant la croix de Maurice.

C'est vrai... après ça tu as eu de la chance... moi, j'ai eu beau faire, les balles m'ont passé par-dessus la tête, il paraît que je suis trop petit...

MAURICE.

Ton tour viendra.

JACQUES.

Il faut l'espérer. Dis donc, il y a bien longtemps que nous n'avons reçu de nouvelles de France.

MAURICE.

J'ai entendu dire au camp que plusieurs camarades avaient reçu des lettres.

LE SERGENT.

Nom de nom! cré nom de nom!... hé! là-bas!... on ne parle pas sous les armes!

JACQUES.

Sergent, nous ne parlons pas, nous causons.

LE SERGENT.

Ah! c'est différent! Nom de nom! c'est toi, Parisien de malheur!... approche et viens-moi remplacer ce satané Jeannin qui ne sait jamais retourner le roi, nom de nom! Ce chasseur est plus long à enfoncer que le mamelon Vert.

JACQUES.

Dites donc, mon sergent, sans vous commander, on se flatte qu'on y marchera avant dix ans au mamelon Vert, hein?...

LE SERGENT.

Momus! Momus Chakal!... ceci sort de ta compétence. Je le soupçonne vaguement, cré nom! Mais faut pas le crier! ils en rateraient le potage de joie, les gaillards! nom de nom! en passant, je m'en vas jeter un œil dans le bouillon.

LE CHASSEUR.

A qui le tour?...

JACQUES.

A moi, chanceux.

MAURICE, à part.

Pauvre garçon!... il m'a fait bien du mal... Eh bien, par moments, en face de ce désespoir qui se cache derrière un voile de gaieté, je n'éprouve plus que de la pitié.

JACQUES.

Deux à trois. Chasseur, tiens-toi bien.

LE CHASSEUR.

Trois à, mon bonhomme.

LE SERGENT, aux soldats qui font la soupe.

Nom de nom! cré nom de nom!... qu'est-ce que c'est que cette popotte-là?... approche, et réponds par catégories.

FRICOT.

Voilà, sergent.

LE SERGENT.

Quoique t'as mis là dedans, nom de nom?

FRICOT.

De l'eau.

LE SERGENT.

Et puis?

FRICOT.

Du riz.

LE SERGENT.

Et puis?

FRICOT.

Et puis, du riz et de l'eau pour changer.

LE SERGENT.

Nom de mille cré nom de nom!... Tu vas me faire avaler celle-là, troupier manqué!... C'est le riz, unique et seul instrument, qui donne cette couleur goudronnée à notre potage?...

FRICOT.

Ah! pardon, sergent, j'oubliais de vous dire que dans la marmite il restait du café... et que... je savais pas qu'il fallait l'ôter...

LE SERGENT.

Alors, cré nom de nom, tu nous sers du riz au café. Fallait donc le dire, animal. Voyons ça!... Eh ben! ça se prend tout de même!... à vos gamelles, enfants, il est l'heure de se garnir le caisson.

(Les soldats se lèvent, se mettent six par gamelle et mangent.)

FRICOT.

O Cupidon! mon ancien patron, que je regrette la France...

LE CHASSEUR.

La soupe!... coupe, cœur et passe carreau. Ça y est!...

LE SERGENT.

Encore perdu!... nom d'un nom... si je ne me retenais...

SCÈNE II

LES MÊMES, entre UN VAGUEMESTRE, portant une poche de cuir dans laquelle se trouvent des lettres.

JACQUES.

Camarades, le courrier de France!... Y a-t-il quelque chose pour moi, Jacques Desnoyers?... vite, parle vite!...

(Tous se précipitent et entourent le porteur qui distribue les lettres.)

LE PORTEUR.

Minute donc, par ordre, s'il vous plaît. Durand, au deuxième chasseur; Fricot, Drouot, troisième zouaves...

(Il continue, bas.)

JACQUES.

Rien!... et rien pour moi!... (A Maurice.) Vois-tu? pas un mot!... pas un signe de vie!...

MAURICE.

Attendons.

(La distribution continue.)

FRICOT, au sergent.

Pardon, mon sergent, si c'était un effet de votre complaisance de me lire ces deux pages, vous qui avez une si belle inducation.

LE SERGENT.

Cré nom! tu me déranges!... enfin!... comme tu dis, inducation oblige. Donne-moi ça, que je te le défriche... (Il prend la lettre.) Voyons donc!... nom de nom!... drôle d'écriture tout de même... c'est z'une lettre écrite en langue étrangère, d'abord!... hum!... nom de...

FRICOT.

C'est de mon frère, il ne sait que le français... Ah! le gaillard! en voilà un qui vous l'accommode un peu proprement... à l'oseille.

LE SERGENT.

Quoi? le français.

FRICOT.

Eh! non! sergent... le fric...

LE SERGENT.

Cré nom! je suis votre supérieur ou je ne le suis pas... Attendez donc... attendez donc... Ohé!... Parisien, viens donc voir ça, toi.

JACQUES.

Qu'y a-t-il?...

LE SERGENT.

Connais-tu ça?... moi je soutiens que ce n'est pas du français.

JACQUES.

Si fait, sergent; seulement c'est du français la tête en bas et les jambes en l'air.

LE SERGENT.

Hein?...

JACQUES, riant.

Vous tenez la lettre à l'envers...

LE SERGENT.

Cré nom de nom! qu'il m'est facultatif de la tenir comme

je l'entends, et d'ailleurs si je la tiens à l'envers, c'est que je suis gaucher.

LE PORTEUR.

Maurice Constant, au troisième zouaves.

MAURICE.

Présent!..

LE SERGENT.

Hé! là-bas!... on ne lit pas sous les armes!...

JACQUES, prenant la lettre.

Donnez, donnez... je lirai, moi... Tu permets, Maurice?

MAURICE.

Prends... c'est du patron.

JACQUES.

Brave homme!... il ne se doute pas que ses gros déliés me font sauter le cœur à se rompre!... Écoute!

« Mon cher garçon!... je te regrette tous les jours; j'ai un satané contre-maître que j'étranglerai un de ces quatre matins. En attendant, je mets la main à la plume pour te dire que la maman Desnoyers et sa fille me chargent de la prendre en leur lieu et place!... Sapristi!... les pauvres femmes prient-elles pour toi et pour ce... malheureux, qui, je le pense, se repent et se conduit mieux qu'ici. Du reste, elles se portent comme deux charmes, avec lesquels je suis toujours ton vieil ami, Dieudonné Pinçon. *P.-S.* Ne nous laissez pas sans nouvelles de vous. Je n'en ai jamais tant écrit de ma vie... Ouf!... portez-vous bien. »

Comme deux charmes!... Ah! chère! bien chère lettre!... tu me la laisses, Maurice?...

MAURICE.

Garde-la.

JACQUES.

Merci. Tiens... le colonel...

(Sortent de la tente de droite, un colonel français, ses aides de camp et plusieurs officiers français, accompagnant et donnant le bras à plusieurs officiers supérieurs russes Maurice présente les armes.)

SCÈNE III

LES MÊMES; UN COLONEL, OFFICIERS RUSSES et FRANÇAIS, costume criméen.

(Au moment où les officiers entrent, les soldats font un mouvement pour se déranger.)

UN OFFICIER RUSSE.

Colonel, dites, je vous prie, à ces braves gens de ne pas se déranger pour nous.

LE COLONEL.

Restez, mes enfants; ces messieurs ne veulent vous gêner en rien. Tu entends, mon vieux Brindor?

L'OFFICIER RUSSE.

Viens ça, mon brave! Tu as une belle balafre sur la joue... C'est un coup de sabre; où l'as-tu gagné?...

LE SERGENT.

A l'Alma, mon officier.

L'OFFICIER RUSSE.

Vous avez une belle armée, messieurs... Un dernier cigare.

LE COLONEL.

Merci.

(Ils allument leurs cigares, se saluent, et les Russes sortent reconduits par les aides de camp du colonel.)

SCÈNE IV

LES MÊMES, moins JACQUES ET LES RUSSES.

LE COLONEL.

Eh bien! mes enfants, êtes-vous satisfaits? La musique va recommencer; cordieu!... vous avez là un fier consommé... (Il en prend.) Le singulier goût!... voyez donc, messieurs...

LE SERGENT.

Cré nom! mon colonel, on nous donne tous les matins du café plus ou moins noir, puis le...

LE COLONEL.

Plains-toi donc!...

LE SERGENT.

Et le soir de la soupe au riz et du café. Le chef d'aujourd'hui a trouvé un troisième plat! le riz au café... nom de! hum!...

(Premier coup de canon.)

LE COLONEL.

Faites rentrer tout le monde; qu'on ne s'avance plus à portée des embuscades russes. Nous sommes en sûreté dans ce ravin et à l'abri de toutes surprises; mais il n'en est pas de même de notre première parallèle. Tenez-vous prêts, enfants, à marcher la moindre alerte. Tous vos hommes sont là?...

(Deuxième coup de canon.)

LE SERGENT.

Tous, mon colonel. (Troisième coup de canon. Balles sifflant dans l'air.) Cré nom de!... Masquez-vous, là-bas!... mon colonel, vous êtes mal placé ici; il y a des mouches, vous serez piqué.

(Les soldats se mettent à l'abri; deux surveillent le tir de l'ennemi.)

LE COLONEL.

Encore une heure et nous aurons notre tour.

(Une explosion terrible se fait entendre.)

LE COLONEL.

Qu'est-ce?...

LE SERGENT.

Cré nom de mille noms!... qu'est-ce que c'est que ça?...

LE COLONEL, à un de ses officiers.

C'est l'explosion d'une mine. Courez, et revenez me dire où elle a eu lieu. (L'officier sort.)

JACQUES.

Mon colonel, c'est la première parallèle qu'on est en train d'attaquer et de surprendre.

LE COLONEL.

Tout le monde sous les armes.

(Tous les soldats prennent les armes. Les uns se chargent de pelles et de pioches, les autres portent des gabions sur leur tête, tous se rangent en silence et attendent.)

JACQUES, à Maurice.

L'affaire sera chaude ce soir, et j'ai idée que le 7 juin comptera dans la guerre de Crimée. Maurice, j'ai vu Jeanne en rêve cette nuit... Elle semblait m'appeler en souriant. Maurice, s'il m'arrive malheur, dis-leur que je suis mort en homme d'honneur et en les aimant.

MAURICE.

Enfant, ne suis-je pas exposé aux mêmes dangers que toi?... Vois, je n'ai pas d'appréhensions, moi... nous sortirons de là comme nous sommes sortis des combats précédents... Une poignée de main et bonne chance.

(Ils se donnent la main. L'aide de camp revient.)

LE SERGENT.

Silence dans les rangs, nom de nom!...

LE COLONEL.

Eh bien, monsieur?...

L'AIDE DE CAMP.

Mon colonel, une partie de la tranchée est détruite. L'ennemi s'avance en colonnes serrées. Nous avons tout juste le temps d'arriver pour renforcer les gardes de tranchée.

LE COLONEL.

Enfants, vous entendez; pas accéléré, en avant!...

(Les troupes sortent à la queue leu-leu, sans trop de désordre ni de régularité.)

Huitième Tableau.

LE MAMELON VERT

Aussitôt que les Soldats sont partis, une vive fusillade retentit, couverte de temps à autre par la voix du canon; puis le rideau du fond se lève, et laisse apercevoir l'intérieur de la première parallèle, placée non loin des embuscades russes qui défendent le mamelon Vert. Le fossé de la tranchée traverse la scène, et occupe le quatrième et le cinquième plan. Le terrain en deçà et au delà de la tranchée est irrégulier et montagneux. Le rebord du fond de la tranchée est revêtu d'un parapet. Deux rangs de gabions pleins de terre, superposés et consolidés par des fascines et des banquettes inférieures, espèces de marches aidant les Soldats à franchir le parapet; au-dessus des gabions supérieurs sont couchés de petits sacs de terre formant créneaux. Des embrasures blindées plus larges contiennent des pièces d'artillerie. Une partie de la tranchée, celle du milieu, qui laisse apercevoir au loin le mamelon Vert et la tour Malakoff, est effondrée et à découvert. Des hommes du génie et de toutes armes travaillent à réparer les dégâts, pendant que d'autres hommes armés se tiennent dans les embrasures, prêts à tirer. Des clairons, à l'extrémité de la tranchée, sonnent le *garde à vous*. La nuit tombe.

SCÈNE PREMIÈRE

OFFICIERS, SOLDATS.

LE COMMANDANT DE LA TRANCHÉE.

Sont-ils encore loin?

UN OFFICIER.

A peine à cent mètres.

LE COMMANDANT.

Ferme! enfants! entassez tout ce qui vous viendra sous la main.

L'OFFICIER.

Ils viennent au pas de course...

LE COMMANDANT.

Descendez... Ne vous exposez pas inutilement... Qu'on ne fasse feu qu'à bout portant, et puis recevons-les à l'arme blanche... Ne tirez qu'à coup sûr... Attendez le commandement, et alors feu à volonté.

(Les clairons redoublent de force dans leurs sonneries.)

L'OFFICIER.

Chacun à son poste!... les voici!...

(Les Russes débouchent en ce moment par les monticules et la terre ferme du fond. Ils font une décharge et se précipitent vers la brèche du parapet.)

LE COMMANDANT.

Feu!... feu sur eux, maintenant!...

(La fusillade s'engage, vive et irrégulière. Après une lutte de quelques minutes, ils débordent la ligne française et sautent dans la tranchée. Combat à l'arme blanche. Les Français, repoussés, écrasés par le nombre, sont chassés du fossé et remontent sur les trois premiers plans.)

UN OFFICIER RUSSE.

Hourra!... enclouez les pièces!... Hourra!... ils sont à nous!...

LE COMMANDANT, dans la coulisse.

Camarades, aux canons!... Tenez bon!...

(Au moment où la lutte va se terminer à l'avantage des Russes, le tambour retentit et la colonne de Jacques et Maurice apparaît à l'extrémité de la tranchée. Le feu recommence plus vif.)

SCÈNE II

LES MÊMES, LE COLONEL.

LE COLONEL.

Nous arrivons à temps... En avant! en avant! et feu partout!...

(Cependant les Russes et les Français en viennent à faire arme de tout. Quelques rares coups de feu retentissent sur les buttes, sur les rocs, sur le terrain plan, dans le fossé, partout on se bat et on se roule, c'est un combat d'homme à homme où chacun défend sa peau.)

(Les Russes, repoussés, sont chassés, la baïonnette dans les reins. Ils repassent la tranchée, poursuivis par Maurice et par d'autres, qui enjambent les parapets du fond pêle-mêle avec eux. Une partie des Français, et Jacques en tête, ont repris les canons, tué les Russes qui les enclouaient, et se tiennent aux créneaux pour protéger leurs camarades. Tout à coup, une vive canonnade retentit. Ce sont les batteries russes qui tonnent et arrêtent les Français dans leur marche.)

SCÈNE III

LE COLONEL, UN CHASSEUR.

LE COLONEL.

Rappelez-les!... Ils vont se faire mitrailler... En arrière!... en arrière, donc!...

(La canonnade continue. Les bombes et les obus sillonnent l'air. Les batteries françaises répondent. Les hommes rentrent dans la tranchée par le fond.)

LE COLONEL.

Couvrez et fermez tout maintenant.

(On met gabions sur fascines et sacs sur gabions, et on refait un parapet à la hâte.)

LE CHASSEUR.

Rude quart d'heure! Jacquot.

JACQUES.

Oui, ça a chauffé. Ah çà! tout le monde est rentré... Qui a vu Maurice?

LE CHASSEUR.

Moi, tout à l'heure : il a enjambé le parapet avec nous... Je l'ai vu marchant en avant, mais je...

JACQUES.

Tonnerre!... est-ce qu'il lui serait arrivé malheur?... (Criant et marchant.) Maurice!... Maurice!... Rien... Maudits canons! si je ne m'étais pas entêté à les reprendre, je saurais où il est... Maurice!...

LE COLONEL.

Qui cherches-tu, mon brave?

JACQUES.

Mon colonel, j'appelle Maurice Constant.

LE COLONEL.

Eh bien?...

JACQUES.

Eh bien, il ne répond pas à l'appel... Oh! mon Dieu! pourvu que je le retrouve!...

(Il s'éloigne.)

SCÈNE IV

LES MÊMES, moins JACQUES; puis MAURICE.

LE CHASSEUR.

Mon colonel, il ne le retrouvera pas... Je ne le lui ai pas dit, mais je l'ai vu tomber là-bas.

LE COLONEL.

Encore un! et un bon!...

MAURICE, en dehors.

A moi!... à moi!...

JEANNIN.

On crie... on appelle au secours par là!... Il y a encore des blessés en dehors... Écoutez!...

MAURICE, en dehors de la tranchée.

A moi!... à moi!...

LE COLONEL.

C'est lui!... Allons! deux hommes de bonne volonté pour l'aller chercher!

(La canonnade, qui s'était apaisée un moment, redouble de violence, et une décharge vient renverser plusieurs gabions. Elle continue à intervalles rapprochés.)

TOUS.

Nous irons tous!

JACQUES.

Mon colonel, Maurice est mon ami, mon frère... c'est moi qui réponds de sa vie... j'irai seul.

MAURICE.

A moi!... à moi!...

JACQUES.

(Il s'avance vers le rebord, fait le signe de la croix, monte sur les banquettes, enjambe le parapet et crie :)

Mon Dieu! je vous donne ma vie, mais conservez celle de Maurice!...

(Il disparaît au milieu d'une vive explosion.)

LE COLONEL.

Sergent, le voyez-vous?...

LE SERGENT.

Il n'a pas été touché... il rampe jusqu'à Maurice... il se lève... Maurice lui passe les bras autour du cou... Vivat!... nom de nom!... les voici!... ils reviennent!... l'un portant l'autre!... (On ramène Maurice. Coups de canon. Deux ou trois coups de canon et une bombe sillonnent le théâtre.) Cré nom de mille millions de... je ne vois plus rien!...

LE COLONEL.

Malheur!... lui aussi!...

LE SERGENT.

Perdus!... Cré nom!...

LE COLONEL.

Non, voyez! tous les deux!...

(Jacques paraît à l'extrémité du parapet, hissant Maurice et le couvrant de son corps. On court à eux ; on étend Maurice sur un brancard, et Jacques arrive roide et ferme devant le colonel.)

LE COLONEL.

Approche, mon brave! Ton nom?

JACQUES.

Jacques Desnoyers, mon colonel.

LE COLONEL.

Capitaine, vous porterez ce nom à l'ordre du jour. Enfant, tu t'es bien conduit!

JACQUES.

Maurice, tu as entendu ces paroles... redis-les à ma mère! Oh! ma mère! Louise!... Jeanne!...

(Mouvement. — Il chancelle.)

LE SERGENT.

Qu'a-t-il donc?...

JACQUES.

Ce n'est rien!... Merci, mon colonel. Nous attaquons le Mamelon Vert tantôt; je marcherai au premier rang. En avant, camarades, et victoire!... Ah!...

(Il s'affaisse dans les bras de ceux qui l'entourent.)

LE COLONEL.

Du sang!... un chirurgien!...

Un chirurgien s'avance, le regarde, et secoue la tête en signe de désespoir.)

MAURICE, s'échappant de son brancard et prenant Jacques dans ses bras.

Jacques!... tu m'as sauvé, tu ne vas pas mourir... c'est impossible!... Dieu ne le permettra pas!... Jacques... réponds-moi!...

LE SERGENT.

Cré nom de nom!... Pauvre et cher garçon!... mille noms de!...

LE COLONEL.

Silence, tous!...

JACQUES, embrassant Maurice.

Maurice, tu porteras ce baiser à ma mère... Quant à Louise, je te la confie et je te la rends... Vous vous aimiez... soyez heureux!... Jeanne! Jeanne! tu m'appelles, je viens!...

MAURICE.

Jacques... mort!!

(Mouvement général.)

MAURICE.

Ah! comment me présenterai-je devant sa mère?...

LE COLONEL.

Vous vous présenterez en lui disant : Votre fils, madame, est mort comme un héros; (violente détonation) et maintenant l'heure est venue... Au Mamelon Vert!... En avant, camarades, et vive l'empereur!...

TOUS.

Vive l'empereur!...

(Les tambours battent. Les clairons sonnent la charge. Les soldats agitent les armes et marchent en avant. Maurice pleure sur le corps de Jacques.)

FIN.

www.ingramcontent.com/pod-product-compliance
Ingram Content Group UK Ltd.
Pitfield, Milton Keynes, MK11 3LW, UK
UKHW020447220726
13923UKWH00005B/2379

9 782329 063126